花と乱

時雨橋あじさい亭 2

森 真沙子

時代小説

二見時代小説文庫

目次

花と乱——時雨《しぐれ》橋あじさい亭 2

第一話　雨上がりの客

一

〝あじさい亭〟の主人徳蔵《とくぞう》は、天婦羅《てんぷら》用の野菜を切る手を止めて、ふと店先に目をやった。

雨音がやんでいた。

いつの間に雲が切れたか、色づいてきた紫陽花《あじさい》の茂みに陽がさしている。

ここ数日の雨で、店先の紫陽花もそろそろ咲きだしそうな、文久元年《ぶんきゆう》（一八六一）五月半ばの遅い午後――。

「やれやれ、上がったな。五月雨《さみだれ》にしちゃよく降った」

徳蔵が呟《つぶや》くと、娘のお菜《さい》が弾むように言う。

「ふふっ、あたし、ちょっと、そこの橋を見てくる」

崖下にあるこの店の前を、時雨川《しぐれがわ》という小川が流れている。

といってもふだんは水のない涸《か》れ川だが、ひとたび雨が降ると、上の台地からどっと水が滲《にじ》み出してきて、ちょっとした洪水になるのだった。

この川にかかる橋が時雨橋だが、大雨で冠水すれば、お客が渡って来れなくなってしまう。

だがお菜には、そんな洪水も面白かった。

雨用の高下駄に履き替えて外に出ると、世界が変わったように思えてしまう。

草むらに避難しているカエルを、下駄の先でちょいちょいと突っつくと驚いて飛び出してくる。そこを捕まえて、あらかじめ作っておいた笹舟に乗せて流すのも、面白かった。

さて、何をしてやろう……と悪戯《いたずら》を思い巡らして、着古した黄八丈《きはちじょう》の着物の裾をつまんで外に出ようとした。

その時、誰かが暖簾《のれん》を割って顔をのぞかせた。

「あれ……」

〝いらっしゃい〟を言いそびれ、雨の匂いを放って入って来る客を、お菜は黒目がちな目でまじまじと見つめた。

色白で、贅肉《ぜいにく》を削《そ》いだような細面《ほそおもて》の顔、濃い眉の下の射るように鋭い眼差し、きっちりとなでつけた総髪《そうはつ》、落ち着き払って威厳のある物腰……。

どこから見てもそれは清河八郎《きよかわはちろう》である。

ところがこの時、お菜の目には、なぜか別人のように見えた。

周辺には着物などには無頓《むとん》着《ちゃく》な無頼な男が多い中で、清河一人が、いつだって身だしなみが良く、上等な生地で仕立てた着物を身につけていた。腰には朱鞘《しゅざや》の大小を差し、いずれも名工の手になる刀であるとお菜は聞いている。

だが完璧を嫌ってわざと崩し、ごく無造作に装っているようなところが、お洒落《しゃれ》といえばお洒落、気障《きざ》といえば気障だった。

そこがかれのピリついた雰囲気を和《やわ》らげ、親しみ易くしているのだが、今日はどうだろう。

茶色縦縞の木綿の着物に、紺のたっつけ袴《ばかま》で、背には荷を負い、手には竹皮で編んだ古いまんじゅう笠を下げている。着物の下の重ね襟《えり》はゆるみ、首に巻いた手拭いは薄汚れていた。

これが変装でないわけがない。

だがそんな見え透いた、しっくり来ない変装が、逆にかれのピリピリした空気を際《きわ》立たせているようだ。

微笑を浮かべているが、その目は笑っていない。

視線がよく動き、口元は緩《ゆる》んでいるよりへの字に結ばれ、どこにも息抜き出来ない緊迫感が、漂っている。

どこかしらぞっとするものを、お菜は感じた。

(一体、何があったのだろう?)

このお方がここに姿を見せるのは、覚えている限りでは昨年(万延《まんえん》元年)の暮以来だろう。

あの十二月、麻布《あざぶ》で、アメリカ人通詞《つうじ》ヒュースケンが殺されるという事件があった。

それでなくても例年になく寒い冬が、そのせいで、なおいっそう寒々しかったように記憶されている。

幕府は密かに続けてきた内偵によって、事件は清河塾に出入りする攘夷《じょうい》志士によって起こされたものと、早い段階で探知したらしい。

当然、首魁《しゅかい》の清河にもお調べの手が及んだ。

お菜が知る限りでは、清河は直接関わっていないらしいが、事件のほとぼりが冷めるまで、雪解けを待って国元の庄内《しょうない》に帰り、身を隠していたようだ。

実家は庄内随一の造り酒屋で、かれは帯刀を許された郷士《ごうし》である。

幼少から神童と言われて育ち、長じては風雲の志を抱き、後継を弟に託して江戸に出た。今は『清河塾』を経営して、学問と剣術の文武両道を教えている。

江戸には一か月前に戻ったと聞いているが、店に来たのはこれが初めてだった。

「いらっしゃい……」

お菜の戸惑いをよそに、徳蔵がいつも通り声をかけた。

「お待ち合わせで？」

「いや、いま山岡《やまおか》家まで行ったんだが、あいにくまだ帰っておらん。ここ何日か、帰ってないそうだ」

と清河は指で上を差し、誰もいない店内にさりげなく視線を巡らした。

「もしかして今日あたりは、こちらに寄ってるんじゃないかと思ったが……」

「へえ、うちにも、鉄の旦那はしばらくお見えでねえすよ」

この坂の上は鷹匠町《たかじょうまち》といって、旗本や御家人の拝領屋敷が並ぶ武家町である。その一画に、山岡鉄太郎《てつたろう》は住んでいる。

清河がこの店に現れる時は、大抵かれとの待ち合わせだった。

鉄太郎は、清河より七つ下の二十六歳。

千葉《ちば》道場で〝鬼鉄《おにてつ》〟と呼ばれる、北辰一刀流《ほくしんいっとうりゅう》の遣《つか》い手である。

身分としては、幕府の武術訓練所〝講武所《こうぶしょ》〟の教授方世話役（教官）をつとめる下級旗本だ。

清河はその千葉道場の先輩であり、鉄太郎はかれの尊王《そんのう》攘夷思想に共鳴して、清河率いる〝虎尾《こび》の会〟に名を連ねていた。

「しかし、たしかに今日あたりはそろそろ見える頃合いだね」

と徳蔵は外の方に目を走らせた。

「まあ、少し待ってみなせえよ」

あじさい亭は暮れ六つには店仕舞いしてしまうから、鉄太郎はいつも七つ半（五時）頃には駆け込んで来る。煮売屋は火を使うため、夜商いを禁じられているのだ。

連日のように姿を見せることもあれば、数日来ないこともある。

無類の酒好きで、水戸《みと》の酒豪との呑み比べで七升呑んだとか、相手さえいれば二人で一斗《と》は空けるとか……その酒豪ぶりを物語る逸話は尽きなかった。

だがあじさい亭でお菜が見るのは、そんな豪快な姿ではない。

町人しか寄りつかぬこの煮売屋に平気で立ち寄り、一杯ひっかけて帰宅前のひと時を楽しむ、旗本らしからぬ姿だった。

「ふむ、そうしよう。いつものを冷やで一杯」

清河は造り酒屋の倅《せがれ》だけに、こんな店でも酒にはうるさい。

「へい、まいど……。これお菜、ぼうっと見てねえで、雑巾をお持ちしろ」

いつもは無愛想で、相手によっては不親切でもある臍曲《へそまが》りの徳蔵だが、清河にはなぜか親切だった。

「いやいや、構わんでいい」

清河は笑って酒樽の椅子《いす》に腰を下ろしたが、その笑顔はどこか疲れて見える。

お菜が急いで雑巾を濡らして来ると、かれはそれを手に取って、草鞋《わらじ》ごと泥の散った足を自らの手で拭いた。その草鞋の濡れ具合から、時雨橋は冠水していないとお菜は思う。

清河は無言でたて続けに茶碗酒を二杯呑んだが、総菜はいかにも旨《うま》そうに口に運んで、思わず言った。

「うむ、この叩きゴボウの甘辛さは天下一品だ」

「いえ、ただの下町の味でさ」

「それに、この串は……豚の脂身《あぶらみ》かね？　以前、上方《かみがた》で食べたことがあるが、ここのは味噌の具合がなかなか旨い」

「上方の客に聞いて、作ってみたんですよ」

「ああ、やっぱり……これとゴボウを合わせて、二人前ほど包んでもらおうか」

思いついたようにかれは言った。

「へい」

包みが出来上がると、三杯めを飲み干して立ち上がる。

「実は……」

と店内に誰もいないのに声を潜める。

「近くの閻魔堂《えんまどう》に人を待たしている。あと半刻ばかりそこにおるから、山岡さんが来たらそう伝えてほしい」

「その寺とは、上の正智院《しょうちいん》で？」

「そう、そこの閻魔堂だ……雨宿りにちょうどいい」

言いつつ懐から財布を出して、金を多めに置いて出て行った。

入れ違いに入ってきたのが、隣の住人の竹田権之助《たけだごんのすけ》だった。

年の頃は四十より少し上か。後ろで一つに結んだ総髪に、鼻の下の八の字髭《ひげ》、顎のどじょう髭にも、白いものが混じっている。

顔は細長く、その目は細く切れ上がっていて、あまり目つきが良いとは言えない。

「今の人は？」

と酒樽に座るなり、かれは問うた。

「塾をやっていなさる方だが、知ってるのかね？」

「いや。見かけねえ顔だ。目つきがただ者《もん》じゃねえ」

「へへ、目つきはお互いさんだろうが」

徳蔵の憎まれ口には馴れているのか、気を悪くしたふうもなく口髭をいじって言った。

「酒はいつものやつ。肴は……」

と総菜の棚に目を向けて言う。

「ずいきの煮たのが美味《うま》そうだな。それと、味噌」

壁に下がった〝酒一合八文〟の木札の横に並ぶ、〝火酒《しょうちゅう》一合五文〟が、権之助の愛飲酒である。

味噌はただの味噌で、小皿に少し盛って一文だ。

「酔えればいいってだけの安酒は、醒《さ》めるのも早い。それに比べりゃ、火酒は酔いが長保《も》ちするし、肴も味噌だけで充分いける」

というのがかれの持論だった。

このあじさい亭は五軒長屋の端っこで、その隣の家には去年の十二月まで、左官職人が住んでいた。

初めは夫婦だったがやがて夫だけの一人暮らしになり、去年の暮れ近くには、出《しゅっ》奔《ぽん》していた女房が出戻ってきた。ところがすぐにまた一騒動あって、今年初めまでに別々に出て行ったのである。

その後、数日もたたぬ松の内に、この竹田権之助が入ってきた。

身なりは作務衣《さむえ》などを着ていることが多く、どこか抹香臭《まっこうくさ》いが、挨拶回りもしないため何をしているか誰も分からなかった。

店には毎日のように顔を出しても、周囲には〝われ関せず〟でいっこうに名乗ろうともしない。五か月たった今でも徳蔵とお菜は〝お隣さん〟と呼んでいた。

いつも昼過ぎにこの煮売屋で軽く酒を呑んで腹ごしらえし、どこかへ出て行く。行き先は誰も分からない。遅く帰る日もあれば、やたら早く帰ることもある。

時には何日も帰らなかった。

「何の商売やってんだろう」

「女衒《ぜげん》か、はたまた博徒《ばくと》か……」

などと長屋の連中はさんざん言っては、面白がっていた。

そのうち誰かが、〝竹田権之助〟という名前を大家《おおや》から聞き出してきた。しかしその大家も、この権之助の職業を知らなかった。

聞いた話では、どうやら知人の紹介で、

「調べ事で下総《しもうさ》から来たので、三か月だけ住まわせてほしい」

と頼まれ、家賃を三か月分ほど前金で渡されたという。

だがもう五か月になるが出ていく気配はなく、家賃もちゃんと払ってるという。

それが知れ渡ると、何故かかれを〝先生〟と呼ぶ者がでてきた。調べごと……から学者という風評がたったのである。

「あれで、どこが先生なもんかね」

と店で呑んでいた鉄太郎が言ったことがある。かれは権之助をいかがわしく思い、まともに口をきいたこともない。

するとそばにいた長屋に住む畳職人の留吉《とめきち》が、意外にもこう弁護した。

「しかし、あれでなかなかの大物だよ。奉公先のお墨付きがなけりゃ、小石川《こいしかわ》のこんな静かな長屋にゃ、まず入れねえ。ところがあの先生は、正体不明のまま入り込んじまった。家賃さえ払ってりゃ、大家も追い出せめえよ。こんなせちがらい世の中でも、いろいろ手口があるってわけでね……」

「まあ、一種の詐欺《さぎ》だね。そのうち家賃を溜めて逐電《ちくでん》するんじゃねえかな」

と誰かが呟くと、

「ははは、なるほど、竹田先生《チクデン》か」

と鉄太郎が大笑いしたため、何となく〝先生〟に収まり、権之助はいつのまにかこの店の常連になっていた。

二

この午後、鉄太郎があじさい亭に現れたのは、清河が出て行って四半刻《しはんとき》(三十分)もたたぬ頃だった。

身長六尺二寸(一八八センチ)、二十八貫(一〇五キロ)の身体《からだ》に、かぎ裂きの繕《つくろ》いが目立つよれよれの袷《あわせ》と、つんつるてんに見える折り目の消えた袴をまとい、すり減った下駄を履いている。

時には、右と左の下駄が違っていることもある野人ぶりは、清河とは好対照だった。

「ふう、暑くなってきたもんだ。冷やと……それ、そのゼンマイの甘辛煮でももらおうか」

かれは袖で汗を拭いながら言う。

店には竹田権之助がいるだけで、他に客はいなかった。だが徳蔵は外聞を憚《はばか》るように鉄太郎のそばまですり寄って、背伸びして耳元で囁《ささや》いた。

「旦那、清河様がみえましたよ」

「えっ、いつ？」

鉄太郎は驚愕したように顔を引き締め、ギョロリとした大きな目を改めて徳蔵に向けた。

「少し前でさ。まだ近くにいなさるから、すぐ行きなされ」

「場所は？」

「そこの閻魔堂だそうで」

「よし分かった、すまんな……」

かれは軽く頷くと、そのまま飛び出して行った。

雑巾を濡らして息を弾ませて戻ってきたお菜は、茫然とその後ろ姿を見送った。

その日の暮れ六つに、軒行灯《のきあんどん》を消して店仕舞いしてから、お菜が問うた。

「清河様は、どうしなさったん？」

「え？　わしゃァ知らんよ」

「でも、あんな格好をしてたのに、お父っつあんはちっとも驚かなかった。理由も訊かなかったじゃないの」

「当たりめえだ。こんなお店《たな》でも、続けたけりゃ、お客にゃ何も訊かねえこった。子どもが首を突っ込むことじゃねえ」

「あたしはもう子どもじゃないよ」

すかさず言い返されて、かれは顔を上げた。

お菜にしてみれば、あの変装に父親が驚かないのが驚きだった。鉄太郎ともどこか阿吽《あうん》の呼吸だったように思われる。

清河八郎の身に何か異変があり、それをあの二人は承知しているとしか考えられない。

一方の徳蔵にしてみれば、子どもとばかり思っていたお菜が、理屈を言って口答えすることに、改めて驚いたのである。

「お父っつあん」

「いいか、お菜、よく肝《きも》に銘じておけ。訊かなくてすむことはなるべく腹に納めておくんだ」

「でも知っといた方がいいことだってあるよ」

「ねえんだよ、そんなものは。わしらはな、河童《かっぱ》が来てものっぺらぼうが来ても、へいへいと酒を出しゃいいんだ」

「………」

黙っているお菜の顔を、徳蔵は薄暗い行灯《あんどん》の灯りの中でまじまじと見た。

（そういえば、もうそんな年か）

と思ったのだ。

この娘を煮売屋稼業に深入りさせたくない……との思いが徳蔵にはある。かれは養父であって、お菜の実の父ではないのだ。

別れることになった夫婦から、赤子を引き取ったのが三つの頃だ。だがそれから間もなく妻に先立たれたため、この子は養父母のもとでも片親になってしまった。

それからは、お菜に早く良縁を見つけるのが自分の責任だ、と思っている。

そんな徳蔵が、お菜の一言で、にわかに自分の非を悟った。

お菜はたった一人の自分の娘であり、店の相棒なのだ。

店にとって大事な話は、この相棒にも知らせておいた方が便利だ。いや、知ってもらうべきだ、と思い直したのである。

「そうだなあ、たしかにお菜の言う通りだ。お前ももうすぐ十四。子どもじゃねえんだ、清河様のことは知っておいた方がいい」

「………」

「お前、〝無礼討ち〟てえのを知ってるかい？」

「無礼討ち……」

お菜は桃割れの頭を振った。

「つまりだな、お武家さんは、大義名分があれば人を斬っても許されるってことだ。身を守るためとか、相手が無礼を働いたとか。斬ったことを、奉行所にちゃんと届け出りゃお咎《とが》めはない」

それは武家諸法度《ぶけしょはっと》で、認められていることだった。

といって武士の方に非があれば切腹だったから、やたら刀を振り回すようなことが、そうそう起こりもしなかったのである。

「ところが清河様はつい先日、それをしなすったんだよ」

「……清河様は人を斬ったの？」

「そういうことだ、身を守るためだが、たぶん初めてだろう」

かれはごく簡単に説明した。

「酒に酔った町人に絡《から》まれたんだ。向こうは棒を振り回してきたんで、とっさに抜いた刀が、その首を刎《は》ねちまった。つい五、六日前のことさ。それで追われていなさる」

「でも……」

とお菜の黒目がちな目が大きくなった。

「無礼討ちは許されてるのに、なぜ逃げたりするの」

「わしにゃア、複雑なことは分からんよ……。ただ清河様は、去年のヒュースケン事件で、すでに幕府に目をつけられておる」

「でも、清河様はその下手人《げしゅにん》じゃないんでしょ？」

「そうだ。噂じゃ、どうやらその配下がやったらしい」

「………」

「だがもしこの件で捕まりゃ、無理にもあの事件の詰め腹を切らされよう。いったん捕まったら娑婆《しゃば》には二度と出られめえ。大望《たいもう》あるお方だ、ここは何としても逃げにゃならんのさ」

「ふーん」

「分かったら、夕飯の支度にかかれよ」

お菜は曖昧《あいまい》な顔で台所に引っ込んだが、一つだけはっきり分かったことがあった。

清河様をひと目見た時、とても怖ろしく感じた理由である。

それは〝血の匂い〟だった。かれの放つ雨上がりの匂いの下に、血の匂いを隠していたからなのだと。

江戸の片隅で煮売屋を手伝うお菜にも、この町がいま揺らいでいるのが分かる。

だが今にもっともっと大きく揺れるかもしれない……。清河はじめ周囲の大人たちを見ていると、ぼんやりとそんなふうに思えて、微《かす》かな身震いを感じるのだった。

三

無礼討ち事件があったのは、五日前の五月二十日のこと。

この午後、大川河畔の柳橋《やなぎばし》にある『万八楼《まんぱちろう》』で書画会が開かれ、清河八郎が、同志を誘って出かけたのが事の始まりだ。

天気がよく少しむし暑かったから、誘われた六名は気軽に同行した。その中には鉄太郎もいた。

というのも実は、知人が開いたその書画会は名目に過ぎず、水戸藩の勤王志士を紹介するから会ってみてくれ……と言われていたのだった。

だが実際にはさしたる収穫もなく、申《さる》の刻（四時）には万八楼を出た。まだ陽は高いし、中途半端な生酔いでもあった。

どこかで呑み直そうということになり、薬研堀《やげんぼり》から入船町《いりふねちょう》通りまで、ぞろぞろと連れ立って歩いた。

一行が甚左衛門町《じんざえもんちょう》にさしかかった時だった。

酒気帯びらしい職人ふうの若い男が、ふらふらと寄ってきて先頭の清河にからみ、手にした棒で行く手を遮ったのだ。甚左衛門町は狭い通りで、両側に商店や陰間《かげま》茶屋などが並び、賑わっている。

前を塞がれると、大いに迷惑だった。

「通行の邪魔だ。のけ」

清河がたしなめると、相手は棒を構えて怒鳴った。

「おう、偉そうだな、大将。邪魔をしてるのはそっちだぞ、あんたがのけや」

「おやおや……しょうのない酔っぱらいだ」

と清河は相手にせず、道の端に寄って難を避けようとした。

だが右に踏み出せば男も右に寄り、左を通り抜けようとすると左を塞いでくる。

「何だこいつ、ケンカを売る気か……」

と背後で誰かが言った。その声に触発されたように、酔っぱらいは棒を構えて、清河に向かってきた。

「ケンカを売ったのはそっちだ、売られた喧嘩は買うぞ！」

と、その棒が降り下ろされる瞬間、

「無礼者！」

清河の腰がわずかに沈み、気合いをこめた鋭い声がその口から発せられた。電光石火《でんこうせっか》、腰の愛刀三原正家《みはらまさいえ》が鞘から抜かれ、真横に一閃したのである。

男の首は胴体を離れ、宙に飛んだ。

そのままそばの瀬戸物屋の陳列台の上に転がったのを、そばに居合わせた見物人は、凍りついて見守った。

棒を握りしめた胴体は、血を噴き上げたまま二、三歩進み、前のめりに倒れた。ワアッと人々は飛び上がった。

「人斬りだ！」

「喧嘩だ、逃げろ」

そんな声が上がって、近くで見物していた野次馬が一散に逃げた。

だが逃げ散る町人と入れ替えに、屈強な男たちがザワザワと姿を現したのである。

周囲を囲んだかれらは、手に手に棒や十手《じって》を構えているではないか。

「気をつけろ、役人だ！」

清河が低く叫び、皆は一斉《いっせい》に刀の柄《つか》に手をかける。

「斬ったのは下っ引きだったかもしれん、あれは罠だったか」

「逃げた方がいい」

鉄太郎が、小声だがよく響く声を発した。

修羅場《しゅらば》を何度も潜りぬけているかれは、瞬時に敵の布陣を見てとった。役人を斬れば厄介《やっかい》なのも心得ている。

「いいか、刀を振り回して囲みを破れ、だが斬るな！ 隙をみてバラバラに横丁に飛び込むんだ」

捕方は、棒や梯子《はしご》や十手で敵を追いつめ、絡《から》め取《と》ることを原則とし、武器を持っていないのだ。

かれらは棒を構えて遠巻きにしているが、今の清河の神ワザに度肝《どぎも》を抜かれて、誰も踏み込んでこない。

引きかえこちらの七人はみな暴れ者揃いで、剣の腕が立つのも人並み以上だった。特に鉄太郎、伊牟田《いむた》、村上《むらかみ》、安積《あさか》の四人は並外れた巨漢である。刀を振り回すといずれも仁王《におう》の観があった。その鉄太郎が先頭をきって斬り込むと、捕方はワッと退いてしまう。

七人は刀を構えつつ、一進一退しながら血路《けつろ》を開いた。

隙を見てそれっとばかり鉄太郎が囲みを破り、それに続いて皆が別々の路地に駆け込んだ。

かれらが追捕を振り切って逃れたのは、捕方が腰抜けだったというより、七人の力量が相手を圧倒したからだろう。

清河は夜陰《やいん》にまぎれてお玉が池の自邸に辿りついたが、鋭い危機感と自戒の念に苛《さいな》まれたようだ。

自分のあの不慮の一刀が、仲間を窮地に追いやったのである。あの酔っ払いは下っ引きであり、明らかに囮《おとり》だった。

(この清河としたことが、まんまと罠に嵌《はま》ったのだ)

とかれは自嘲《じちょう》した。

だが何も罪を犯していない清河に、なぜ罠が仕掛けられたりしたのか？ おそらくかれの率いる秘密結社〝虎尾の会〟が、公儀に漏れたからだろう。

会としては実際には何もしておらず、例のヒュースケン事件も、首魁清河の仕掛けたものではなかった。

だが実行した者らが、会に名を連ねる数人の薩摩《さつま》藩士だったのだ。

かれに疑いがかかるのもやむを得なかった。しかし内偵がそこまで進んでいたことに、なぜ気がつかなかったのか。

それが悔しかった。

かれのお玉が池の邸には、米屋、酒屋、漬け物屋、魚屋、蕎麦屋ら、多くの商人が出入りしている。屋敷の向かいや裏にも民家が軒を接していた。その誰かが協力したに違いない。

一人一人の顔を思い浮かべるにつけ、震えがチリチリと背筋を走る。過激な結社を率いるにしては、自分は判断が甘い。だからこそ軽卒にもあんな罠に引っかかったのだ、とかれは自分を裁断した。

しかし……。

どうであれ、いつかは捕方どもに囲まれる運命にあった。ところがあの不測の一刀に、連中は毒気をぬかれ、手も足も出なかったのだ。もしあれがなかったら、かれらは恐れげもなく人海戦術で迫ってきただろう。

あとで気がついたことだが、あの辺りは八丁堀《はっちょうぼり》に近かった。そこには町奉行所の同心・与力の組屋敷があり、要請があれば、続々と応援部隊が駆けつけただろう。

(あの無礼討ちはやむを得なかった)

と清河は結論づけた。

幕府は清河八郎を危険人物として、一網打尽《いちもうだじん》に検挙してしまおうと謀《はか》ったのだ。その疑いは、確信に変わった。

(ただちに身を隠した方が良い)

とかれは潜行の決意を固めた。

遅くなって三々五々戻ってきた仲間も、全員一致で賛成した。

この屋敷は狙われている。今も屋敷の外で誰かが監視し、縁の下で密偵が聞き耳をたてている……そんなことを声を潜めて言い出す者もいて、皆は浮き足だっていた。

まだ夜も明けぬうちに、安積五郎《ごろう》、伊牟田尚平《しょうへい》、村上政忠《まさただ》の三人を伴って、一行は密かにそそくさと江戸を出た。

清河は自分の弟や数人の同志をお玉が池に残し、妻のお蓮《れん》は知人に身を寄せるよう計らった。

四人は同志のいる武州川越《ぶしゆうかわごえ》在奥富村《おくとみむら》に向かい、その村では寺に潜伏した。ところがそこにも追っ手が迫ったのである。

かれらは、事の重大さに今さら肝《きも》を冷やした。

幕府は予想より大掛かりに、包囲網を仕掛けてきている。自分らがこの状態では、江戸に残した同志や妻はすでに捕縛されている可能性がある。

今はこうしている場合ではない。そんな責任感と不安に背中を押され、一行は村を脱出した。折からの激しい雨をついて、追っ手を撒《ま》きながら、命からがら江戸まで戻ってきたのだ。

まずは朝方、内藤新宿《ないとうしんじゆく》から鷹匠町に向かい、山岡家に立ち寄った。

だが鉄太郎が不在だったため、他の知人宅に寄って情報を探り、行商人の姿に変装して出直したのである。

四

「……菜坊、凄いぞ！」

鉄太郎が手元を覗き込み、感心したように言った。

一昼夜明けた翌日の午後、墨の清々《すがすが》しい匂いに包まれて、鉄太郎は珍しく穏やかな時を過ごしていた。

「菜坊は上達が早い。稽古ばかりして、おやじさんを泣かせてるんじゃなかろうな」

「そんな……」

お菜は首を小さく振ったが、嬉しさに顔が真っ赤になっていた。

(あたしにも字が書ける!)

そのことに我ながら驚き、胸が躍《おど》った。

醤油や味噌の煮物の匂いにまみれて育ったこの自分が、墨の清楚な匂いの中で手習いをするなんて……。

そんな喜びを隠しきれぬまま、〝いろはにほへと〟のわが字の下に〝さい〟と小さく書き込んだ。

鉄太郎に字を習い始めたのは、今年の春頃だった。

実は鉄太郎が、御新造《ごしんぞ》のお英《ふさ》が、二十歳過ぎまで読み書きが出来ないのを見かねて、去年の末頃から書を教え始めたのである。

鉄太郎は、剣術ばかりか、書でも達人ぶりを発揮していた。

江戸生まれだが、飛騨高山《ひだたかやま》で少年時代を過ごし、日課として武芸と習字に励んだ。父親は高山の郡代《ぐんだい》を勤める中流旗本で、武士としての英才教育を息子に施したのだ。腕白《わんぱく》で剣術が好きなのをみて、千葉道場の高弟を高山に招いて鍛えさせたし、書の才があるのを見てとると、十一歳の頃に岩佐一亭《いわさいってい》という高名な書家に入門させた。自慢の息子はその才を存分に発揮し、十六には教師免状を得たのである。

そのうちお菜が読み書きが出来ないと知った鉄太郎は、妻と一緒に教えることを思いついた。

「ついでだから、お菜も一緒に稽古させないか」

と誘うと、徳蔵は二つ返事で娘を送り出してきた。

山岡宅には四部屋あるが、畳が敷かれているのは客間の八畳間だけだ。それも畳三枚と文机《ふづくえ》があるきりで、家具という家具は天井板から板壁に至るまで、薪《まき》にされたか質屋に入っている。

お英とお菜はその三畳に布と紙を敷いて稽古した。

稽古といっても、鉄太郎が書いた〝いろは四十七字〟をお手本とし、その美しいのびやかな字を真似て何度も何度も、紙が真っ黒になるまで書き写すだけだ。

この師匠の指導は〝自然な気持ちでのびのび書け〟だけで、それ以外はいっさい言わない。

それも何かと忙しく家には不在がちだったから、稽古は不定期で、ある日突然にそれは始まる。

仲間ができたことを喜んだお英は、そのたび使いをよこして、お菜を呼んでくれた。もう十回近くは教わっており、すでに〝いろは歌〟はスラスラ書けるようになっている。

「菜坊、凄いぞ！」

鉄太郎はいつもそう連発し、賛辞を惜しまない。

それが励みになり、家にいても家事の合間を見ては、紙が真っ黒になるまで筆を動かし稽古に励んだ。

「うふっ、あたし、お菜ちゃんに追いつかれそう……」

とお英もお菜の上達に驚き、励みにしている。

だがこの日は、お菜は少し気が散っていた。

昨日鉄太郎はあれから閻魔堂に駆けつけ、清河に会えたのかどうか。そこで、どんな情報を聞いたものだろう。

清河の同志であり、無礼討ちの現場にも居合わせた鉄太郎が、幕臣とはいえ奉行所の取り調べを受けないはずはないだろう。

かれは疑われているのかいないのか、追われているのかいないのか。その辺りが不安でならず、事情を知りたくて堪《たま》らなかった。

徳蔵に訊けば、

「女、子どもが余計なことに首を突っ込むな」

とひどく古風に叱られるのが常だった。

しかしお菜には、鉄太郎は謎だらけの人である。

この屋敷には、いつも変な客ばかりやって来る。あの人もこの人も、思い浮かぶ限り、ここに集まる人は皆どこかしら奇怪だった。

その代表的な一人が清河八郎だ。

あのように〝気障〟でどこか〝危険〟なところに、鉄太郎はなぜか惹かれるらしい。

その一方で、こうして何ごともないようにどっかり胡座《あぐら》をかき、悠揚迫《ゆうようせま》らぬ視線で二人の手元を眺めている鉄太郎がいる。

外では小鳥がさえずり、うらうらと陽がさしていた。隣家の道場からは、ヤアッ、トウと槍の稽古の声が聞こえてくる。

少し汗ばむのどかな初夏の午後だった。

ところが四半刻（三十分）ほどたった頃、陽の射している縁側に小走りの足音がした。そこに現れたのはこの家に同居する、お英の妹のお桂《けい》である。

「お義兄《にい》様、今よろしいですか」

とお桂は言って、縁側にしゃがんだ。

「おう」

鉄太郎に緊張が走ったのが、お菜にも分かった。

「ただ今、隣の兄上が帰りました」

「ふむ、戻られたか、よしすぐ行く」

〝隣の兄上〟とは、お英姉妹の兄謙三郎《けんざぶろう》のことで、鉄太郎より一つ上の二十七歳。山岡家の次男として生まれたが、十六で隣の高橋家に養子に入った人物だ。

高橋家は刃心流《じんしんりゅう》槍術《そうじゅつ》の宗家であり、この三兄妹を生んだ母の実家でもあったのだ。

だがその後、山岡家の長男で、槍術の指南として高橋の道場で教えていた静山《せいざん》が、急逝《きゅうせい》してしまった。

そのため山岡家の跡継ぎがいなくなった。

そこですでに江戸に移り、千葉道場で勇名を馳せ、静山の弟子だった鉄太郎に白羽の矢が立ったのである。

かれは喜んで長女お英の婿《むこ》となった。山岡家は、鉄太郎の実家の小野《おの》家よりはるかに家格が低いが、鉄太郎はそんなことを気にも止めなかった。

高橋山岡の両家は共に、古くから下級幕臣として、清貧に甘んじてきた家柄である。

ところが、高橋家当主であり槍術の宗家となった謙三郎は、その槍術の腕と人品骨《じんぴんこつ》柄《がら》の評判が高く、めきめき出世していた。

その学識、誠実な人柄、悠揚迫らぬ清貧の生き方は、他を圧していた。今は講武所槍術の指南役のかたわら、〝両御番《りようごばん》上席〟と呼ばれる将軍親衛隊の幹部をも、兼任している。

騎馬での登城も許されて、従者を従えて城に向かう姿の威風堂々ぶりは、近隣でも評判だった。

裏庭の道場に通ってくる弟子も増えており、暮らし向きは飛躍的に楽になっていた。家族も増え、出入りする人々も多かったから、手狭になった家を、十二間《ま》ある二階家に建て直しもした。

一方で、隣の山岡家は相変わらずの貧乏暮らしで、家具もろくにないボロ家だったが、鉄太郎は気にするふうもない。

「……というわけで、途中で悪いがおれはちょっと隣に行ってくる。たぶんすぐには帰れないと思うから、二人は適宜《てきぎ》に稽古を終えてほしい」

そう言い置くと、かれは席を立った。

姉妹は縁側まで出て、庭下駄を履いて日盛《ひざか》りの中に出て行く鉄太郎を見送った。足音が裏の方へ消えるとお桂が、美しい眉をひそめ、

「お姉様、大変なことになりました……」

と囁くように言った。

おっとりした面長な顔立ちのお英とは違い、妹は丸顔のおきゃんな娘である。まだ十七、八だろう。姉はくたびれきった一枚の着物をいつも着回しているが、妹は隣の兄嫁からお古を貰うらしく、いつも柄《がら》のいい着物をしゃっきりと着こなしている。

「あのお方、それからどうなって？」

お英も、品のいい瓜実顔《うりざねがお》をしかめて訊く。

〝あのお方〟とは、清河の事だろう。

「それが大変なんですよ、お姉様、江戸に残ったお仲間が八人、みんな捕まったんですって。奥様のお蓮さんまで根こそぎ……」

お桂はお菜を子どもと思って、少しも警戒していないようだ。

だがお菜は筆を動かしながらも、しっかり聞き耳をたてていた。

「まあ、お蓮さんまで」

姉のお英は口に手を当て絶句した。

お桂は今、清河が妻帯していることを知っている。

だがなお尊敬やら好意やらを持ち続けているらしく、鉄太郎やお英の知らない情報を、高橋家から何かと仕込んでくるのだった。

「それを知ったあの方は、出頭したいと言っておられると……。自分が人を斬ったからこんなことになった、もし皆が釈放されるものなら、自首もするし腹をも切ると……」

「でも自首なんかしてどうなるの」

「そうですとも。でもこのままでは一体どうなるのか……」

と二人はぐっと声を低め、ひそひそ喋りになる。

「……この辺りもずいぶん見張られてるみたいだけど、鉄兄様は大丈夫でしょうか」

さらにひそひそ話が続き、お菜は息苦しかった。

ようやくお英がお稽古を終わりにしてくれ、お菜は山岡家から出た。外にはまだ陽がさし、高橋家裏庭の道場から槍の突きの声が高く聞こえてくる。

お菜はホッとし、足を止めて物思いに浸った。

まだ墨の匂いが鼻先に漂い、すぐに総菜の匂いの中に戻る気にはなれない。それに聞いたばかりの情報が頭の中を飛び交っていて、整理がつかなかった。

どうやら清河八郎は昨日、妻や仲間が捕われたのを知って、打開策を相談するために鉄太郎の元を訪れたのだ。

お英の話によると、鉄太郎自身もすでに奉行所から呼び出されたらしい。高橋家から借りた上下《かみしも》をつけて出向き、清河との関わりについて事情聴取を受けたという。

だがヒュースケン事件には無関係だったし、幕臣が攘夷論を唱えるのはごく一般的だった。外国の言いなりになって開国する幕府を、多くの幕臣は不甲斐ないと考えていたのだ。

お上が警戒するのは、幕府転覆を目ざす〝攘夷倒幕〟論者であり、清河がまさにそれだった。

鉄太郎のような徳川に忠誠を誓う幕臣が、なぜ清河塾に出入りしていたのか。その理由を問われてかれは、〝文武一般に関する勉学修業のため〟と、何とか言い逃れたという。

ただ鉄太郎の剣術狂いは、すでに有名だった。

剣豪と言われるが、一度も人を斬ったことがなく、腰につけているのは木刀だという話も知られていた。

人間ばかりか、犬や猫やネズミまで殺さないから、家の中をネズミが走り回って困っているという。

そんな変人が、物騒な倒幕などの密議に参加するはずがない、とお上《かみ》に思われたのか、それ以上は追及されなかったらしい。

（おじさんは大丈夫。捕まったりはしない）

そう判断してお菜が歩きだすと、目の前を野良猫が何匹か走り抜けて行く。ただどうしてもお菜の分からないところが、一つだけあった。

（なぜおじさんは、あんな危険な人と親密に付き合うのだろう）

五

店に戻ると、あの竹田権之助が、アジの干物を肴に火酒で一杯やっていた。

軽く会釈して通り過ぎたが、そばを通った時、ふと薬草のような匂いが鼻先を掠めた。

（そういえば前にも一、二度、同じことがあったっけ……）

店には総菜の匂いが籠っていて他の匂いは消されてしまう。ただ外から入って来た時だけ、ふと他の匂いを感じるのである。

奥に入ったお菜は、先ほどお英から聞いた話を思い浮かべた。

何のきっかけからか、お英がふと言い出したのである。

「あたし、今でも気になっていることがあるのね。去年……いえ一昨年だったかしら……。お腹に赤ちゃんがいた時です。あたしは栄養が悪いせいか、血の道が良くなくて……それで近くの診療所からお薬を買っていたの。その日も行って、名前を呼ばれ、お薬を渡してもらったんだけど……」

その薬を差し出した薬師《くすし》が、袋に書かれた山岡英の名と顔を見比べて、不意にこう言ったのだという。

「あんたの運は悪くない。ただしそれは先のことだ、近い将来、何か良くないことがあるかもしれん」

「どういうことですかえ？」

と驚いて訊くと、相手は首を傾げている。

「どうすれば、それを避けられるのです」

重ねて問うと、あっさり返事があった。

「名前を変えなさい。もっと強いのに変えることだ」

「ええっ、どんな名前がいいのです」

「うーん、例えば……姓は鯨岡《くじらおか》とか龍ガ崎《りゅうがさき》とか、ともかく強いのがいい。名は富栄とか富貴栄とか……」

掌《てのひら》に字を書いてみせ、お英がぼんやり考えてるうち相手は奥に姿を消してしまった。

見ず知らずの人に突然そう言われ、名を変える人間もいないだろう。もともと占いや運勢など信じない方だから、気にはなったが誰にも言わずにいるうち、いつの間にか忘れていた。

だがその半年後に、出産した子を失ったのである。

この時、初めてあの薬師の予言を思い出し、診療所でその人を探してみた。ところが誰もその人を知らなかった。

薬方の人に訊いてみたが、そういえばそんな人が来ていたのは知ってるが常勤ではなくて、たまにフラリと姿を見せるだけだと。

薬方の部屋には常勤が二人いるが、その他はいつも数人の薬師が入れ替わり出入りしているから、その人物がどこの誰かは分からないというのだ。

「最近、身の周りにいろいろ恐いことがあるせいか、何となくその人のことを思い出してねえ」

とお英は溜め息をついた。

「その方、どんな顔だったか、特徴は覚えてる？」

とお桂が我がことのように乗り出すと、お英は首をひねった。

「さあ、それがよく覚えてないの。とても体調の悪い頃だったたし、診療所って薄暗いでしょう。お爺さんだったような気はするけど……」

だがその時お菜は、ふとあの権之助を思い浮かべていた。

というのも、隣に引っ越してきてまだ何日もたたない頃、店に総菜の煮豆を買いにきたことがある。

近所の主婦が〝お菜ちゃん〟と呼んでいるのを耳にして、

「サイとは、どういう字を書くのかね」

と帰り際に訊かれた。総菜の〝さい〟だと答えると、お菜の顔を見て頷き、帰って行った。ただそれだけのことだったが……。

そして今、薬草のような匂いを嗅いで、また同じことを思ったのである。

「ねえ、お父っつあん」

前垂れをして出て来たお菜は、何気なさそうに父親に言った。

「お隣さん、もしかして薬師じゃないかしら」

「え？　どうしてだね」

「漢方薬の匂いがしたから」

「漢方薬か……。しかし薬師なら、薬草をそこら中に干したり……薬草を煎じたりしてもよさそうだ」

それもそうだった。お隣さんにそんな気配は全くないのである。お菜は、それきり同じことを口にしなかった。


その翌日、菅笠《すげがさ》を被った大柄な男が店に入ってきたのは、八つ（午後二時）を過ぎた頃だった。

また弱い雨がしとしと降っており、男は被っていた笠を取って、軽く振った。その片目が潰《つぶ》れた顔を見て、お菜は声をかけた。

「いらっしゃい」

一度でも会った者の顔は忘れないのが、お菜の特技である。この人は、清河と共に一度来たことがあった。名前は安積五郎といったのも、思い出された。

「これは、安積様……」

徳蔵も思い出したらしい。

「亭主、今日、誰か妙なやつが来なかったか」

かれはどこか殺気立った様子でいきなり言った。

「はて、妙なやつとは……」

「役人のことだ。上の閻魔堂が見張られておる。わしらが江戸に戻ったのが、すでに知られたようだ」

言いながらも、しきりに外を窺っている。

「困ったことに、今日の七つ（四時）、閻魔堂で四人が落ち合うことになっておるんだ」

「それは生憎《あいにく》なこって。しかし事前に分かって良かった」

昨夜、四人はそれぞれ内藤新宿の妓楼で過ごし、朝になってばらばらにそこを出た。

かれは知人宅に行きたかったのだが、何だか捕吏に見つかりそうで、蕎麦屋で朝飯を食べてから、そのまま閻魔堂までやって来てしまった。ちょうど寝不足だったし、皆が来るまでここで寝ていようと思ったのだ。

だが少し眠ってから何かの気配で目が覚め、周りの足音に気がついた。そっと隙間から覗いて見ると、下っ引きらしい者らが数人集まっているではないか。

慌てて閻魔様の後ろに隠れて探索をやり過ごし、連中が寺の方へ向かった隙に逃げ出してきたという。

「皆に、急ぎ知らせなくちゃいかん。集まることになってるのは四人だが、三人にはわしが伝える。亭主、山岡さんはまずここに寄るだろうな?」

「へえ、たぶん……。鉄旦那は大丈夫ですが、他のお方にゃ、これから連絡がつくので?」

「うむ、それが……」

とかれはチラと困惑の色を見せた。

「伊牟田と村上は、知り合いの家に一緒におるから大丈夫……」

その二人は〝虎尾の会〟の同志である。

「ただ清河さんの行き先が分からんのだ。伝馬牢への差し入れのため、今日は金策に走り回ると聞いておるんだが。しかしどこへ回ったものやら、さっぱり分からん。まあ、たぶん二人が何か知っていようから……」

よろしく頼むと言い置き、再び笠を被って外に出た。

すれ違うようにして、あの竹田権之助が入ってきた。

「あの人は？」

　とかれは樽に腰を下ろして訊いた。

「たまに来るお客だよ」

　言って徳蔵は、チラとお菜と顔を見合わせた。

（お父っつあん、この店は大丈夫？）

　とお菜の顔は問うている。

「うちにゃお武家さんなんて来ねえよ。お客は近所のお店者《たなもの》と札つきの酒呑みだけで、泥棒だって来やしねえんだ」

　誰かに訊かれれば、徳蔵はいつもそう答えている。鉄太郎のような旗本だって、この店ではただの〝札付きの酒飲み〟に過ぎないのである。

　それを思い出して、お菜は気を落ち着けた。

　だがやはり心配になる。

（おじさんは大丈夫。でももし今日に限ってここに寄らず、まっすぐ閻魔堂に行ったりしたらどうしよう）

　出来れば自分が知らせに行きたいが、かれが必ず講武所にいるとは限らず、何時《なんどき》に講武所を出るかも分からない。

講武所からここに来る道順にも何通りかある。

講武所を出ると、すぐそばの水道橋《すいどうばし》を渡って来るだろう。

だがその先は、水戸様のお屋敷の東を通って来るか、西を回って安藤坂《あんどうざか》を登り、小石川台地を東西に走る大通りに出るか。

もっと近道したければ、この茗荷谷《みょうがだに》の下の方から、急坂を上がってくる方法があるのだが、その坂は何本もある上に複雑に曲がりくねっていて、お菜にはよく分からない。

六

やきもきしていると、突然、先ほどの安積五郎が戻ってきた。

店では、総菜を買いに来た近所の老人が一杯やっていたが、安積の姿を見るとそそくさと出て行った。

「どうしなすった？」

徳蔵が驚いて訊く。

「いや、途中で運良く、伊牟田と村上に出会ってね」

「それは良かった」

「それはいいが、二人とも、清河さんの行き先を知らんと言うのだ」

編み笠を脱ぐと、かれの片目には焦りがあった。

「二人は今、それぞれ心当たりを探しに行ったんだが……」

「あの清河様のことだ、もうこっちに向かっていなさるんじゃねえかね」

「……とすれば、もう間に合わん」

安積は困惑したように言う。

「亭主、この小石川台に入る道はどことどこだ」

「そりゃ旦那、四方八方にありまさァ」

徳蔵は首を傾《かし》げる。

「入り口で待ち伏せるなど、とてもムリだね」

「閻魔堂のそばに潜んで摑まえたいが、たぶん飛んで火にいる夏の虫だ。近くには捕り手がうようよ張り込んでいよう」

「先だっては、どのように小石川台に入りなすった」

「あの時は……北から入ったか」

かれは片目を閉じ、惨憺《さんたん》たる逃避行を思い出すように眉をひそめた。あの時は、待ち伏せが懸念される危険な中山道《なかせんどう》を出たり入ったりしながら、何とか大塚《おおつか》に出たのだった。

猫股橋《ねこまたばし》という沈下橋を渡って千川《せんかわ》沿いに下り、対岸の氷川社《ひかわしゃ》の鳥居を見て、小石川台の坂を登ってきた。

閻魔堂はほど近く、誰にも出会わぬ静かな道だったと記憶する。

「うん、今回も、何も事情を知らなければ、あの道から来るかもしれんな」

とかれは呟いた。

(そうだろうか)

そばで話を聞いていたお菜は、疑問に思った。

小石川の地図を思い浮かべながら、自分なりに考えていたのである。北から入る道は、たしかに人目がない淋しい道だ。

しかしそれと同じ理由で清河が選ぶだろうと推測され、かえって警戒されるのではないか。

日頃から油断ないあの清河様は、そんな向こうの予想を読み、裏をかくかもしれない。

では南から入るとしたらどうだろう？

閻魔堂の南を、小石川大通りが東西に走っている。この通りは人馬や駕籠や大八車が往来し、それに紛れて来れようが、途中に番所があって役人がたむろしている。何度も山岡宅を訪れている者なら、それを承知していよう。

また谷から上がってくる坂道は、複雑に曲がりくねっていて、土地勘がなければ迷いそうだ。

清河は今日の厳戒態勢を知らないのであれば、もっとたやすく来られて、逃げ場の多い道を選ぶのではないか……そうお菜は考えていたのである。

「旦那、ここは二手に分かれてみてはどうです」

と徳蔵も同じように考えたものか、思い切ったように提案した。

「二手に？」

安積は不審そうに聞き返す。二手に分かれる人員がいないのだ。

「なに、閻魔堂に近い北の道は安積様にお任せします。南の方面にはうちのお菜を使えばいい」

「ええっ？」

安積は面食らったように、先ほどからそばでじっと聞いている小柄な桃割れ娘を見やった。少し〝ぼんやり〟した子に見えるこの小娘に、こんな重大事を託すのはいかがなものか、とかれは考えたらしい。

「これは危険なことだから……」

「いや、この子は土地勘もあるし、清河様に面識もあるでな。こんな娘っ子なら、どこをウロチョロしても怪しまれめえ。お菜、行って来れるな？」

「………」

お菜は何も言わずに、こっくりと頷いた。

「うーん、いい考えではあるが、しかし……南のどの辺りで待つつもりかね」

「あの、あたしは、伝通院《でんづういん》寄りの賑やかな道から見えると思う。たぶんこの下の坂からは上がってこれないし、北の道は警戒されていると思うから……」

とお菜は言った。

焦っていた安積は、それを聞いて決断した。

「よし、任した。今は迷ってる場合じゃない」

この小娘もあながち無能でもなさそうだ。仮にその予想が外れれば、清河はたぶん北から閻魔堂にやって来よう。その近くに自分が潜んでいて、事前に何とかすればいいのだ。

「ともあれ時間がない。身拵《みごしら》えしてすぐに出てもらおうか。おれも怪しまれないよう変装したい。亭主、薪を少しばかり背負わしてくれんかね」

清河八郎はその頃、市ヶ谷から小石川に向かっていた。

朝から金策に、心当たりを駆けずり回っていたのである。

入牢した者に、金の差し入れを急ぐ必要があった。ツルという賄賂を牢名主に渡さなければ、死ぬほど苛められるという。

ツルは高額であればあるほど、待遇もいいらしい。

かれとしては、できる限りの額を、囚われた同志、弟、妻に差し入れたかった。すでに実家に手紙で頼んであるが、庄内から届くまでには時間がかかる。

何とか富裕な商人や知人から借り、そこそこの額を用意した。

それを伝馬牢《てんまろう》への差し入れとして、知人に託したのである。しかし結局それは、途中で消えてしまう運命にあった。

今はまだそうとは知らぬ清河は、一安心して鷹匠町に向かった。すでに八つ半（三時）に近かった。

あまり清潔とはいえぬ行商人の姿に変装し、それらしく荷を背負ってはいたが、まだ陽の高い市中のあちこちに、捕吏の目が光っているような気がして編み笠を外せなかった。

閻魔堂まで、どの道順で行けば安全かかれなりに考えた。

先日通ったあの北からの入り方がまず浮かんだ。だがこれから小石川台を大回りして行くのは、体力的にも時間的にも少しきつく感じられた。

結局は水道橋より一つ上流の飯田橋《いいだばし》を渡り、水戸様の屋敷近くの牛天神《うしてんじん》を回って、安藤坂に出た。

広くて急なこの坂は、伝通院への参道だった。周囲には町人の町が広がり、両側には土産屋や茶店、それに出店も多く、いつ通っても参拝客や見物人で賑わっている。

この善男善女に紛れて行けば大丈夫、と考えた。

ゆっくりと急坂を上りきると、表門の前に出る。

そこから左に曲がって行くと、道は二股に分かれていた。

右は、伝通院の境内に沿って生垣が北に延びている。

左の道を進めば、そのまま小石川大通りになる。

陽がそろそろ傾きだした頃合い、清河はしばし思案してから、右の道に踏み入った。

その先を少し行くと、〝三百坂《さんびゃくざか》〟と呼ばれる急傾斜の下り坂になっている。

両側に旗本屋敷が並ぶこの急坂は、昔は〝三貊《さんみゃく》坂〟といったらしい。そこからは、江戸市中が一望でき、かつては江戸城の天守閣が美しく見えたことだろう。

坂の下方には松平播磨守《はりまのかみ》の江戸屋敷があって、播磨守はこの坂を登って江戸城へと登城する。そのたびに、新任の従者の脚力を鍛えるため、主君の駕籠はかれらより先発して、そのあとを全力で追いかけさせたという。

坂を登りきるまでに追いつかなければ、その者からは、三百文を徴収した。そのため、家来たちはこの坂を三百坂と呼ぶようになったと――。

坂の下は〝三百坂下通り〟といい、小石川大通りに並行して走っている道である。この通りを道なりに左に進めば、番所を迂回して山岡家のある鷹匠町の下に出られるはず……。

そう考えて数歩進んだ時、先ほど二股の所に佇んでいた浮浪児めいた男の子が、スッとそばに駆け寄ってきた。

数日前、酔っ払いにこのようにつきまとわれたのが、一瞬かれの脳裏に思い浮かんだ。それがこの苦難の始まりだったのだ。

今はどんな揉め事にも巻き込まれてはならぬ。

（小遣いがほしいならくれてやろう）

と思い、とっさに懐の小銭入れを探った。するとその子は、長身の清河を見上げて囁くように言った。

「あたしです」

「………」

清河は驚いて見直した。

娘か？

一つにまとめたぼさぼさの髪、汚れた顔……。身丈《みたけ》に合わぬだぶだぶした古い筒袖の半纏《はんてん》を、腰で縄ヒモで無造作に縛っている。こんな子には全く覚えがなかった。

しかしその声には聞き覚えがあったのだ。

じっと見ていると、その汚れた顔から、一人の愛らしい女の子の顔が浮かび上がってきた。

「あじさい亭の……？」

「はい、お菜です」

「ほお？　何だ、その格好は」

お菜は黙って見上げた。

おじさんこそ、と言いたかった。

「いやあんまり板についてるんで、コロリと騙されたよ」

「この半纏、お父っつあんの古着です」

徳蔵が納戸《なんど》の奥にあったものを引っ張り出して、着せてくれたのだ。この姿で坂の上に立った時は、本当に浮浪児になったような気がした。親と一緒に坂を上がってくる子ども達に目が行って、うっかり商人姿の清河を見過ごすところだった。

「一体どうしたんだ?」

「はい、安積様から頼まれて来ました」

とお菜は声を潜めた。

「閻魔堂は見張られてるから、行っちゃいけないって」

「…………」

愕然としたように、かれはお菜から目を浮かした。まるで行き交う人々は皆、密偵に見えるごとくに眉をひそめて、鋭い視線を周囲に巡らした。

「そうか、よく知らせてくれた。閻魔堂には行くまい」

清河は、迷うようにしばし昼下がりの空を眺めた。

そしてまたゆっくり歩きだす清河に、お菜は驚いた。

「行っちゃいけないって、安積様が……」

「分かってる。しかし、山岡さんに会わなくちゃならんのだ」

「でも、今日はお役人が多いです」

「今日に限ったことじゃないさ」

押し問答をしつつも、かれは先に立って急な三百坂をずんずん下りていく。お菜が小走りにそれを追った。

無言で坂を下りきると、突き当たりを左に曲がる。少しばかり進んだ時、清河はハッとしたように急に歩みを止めた。

通りの先から数人徒党を組んでやって来るのは、下っ引きらしい。

それが目に入った瞬間、清河はさりげなく腰を屈め、子どもの世話を焼くふりをしてお菜の耳に囁いた。

「これから引き返すぞ。坂の下まで戻ったら、私から離れろ。私は坂を登るが、お前はまっすぐ走って生垣にもぐり込め。伝通院の境内に逃げ込むんだ」

「でも……」

「私の心配はするな。坂を一気に駆け登って連中を撒《ま》くから、大丈夫。私に何があっても近寄ってはならない。暗くなるまで境内から出るなよ」

言いながらきびすを返し、二人は何気なさそうにゆっくり歩いた。

坂下まで来ると、かれはお菜の肩を軽く押しやった。

自身は右に曲がり、急坂をのめるように駆け上がる清河の姿が目に入ったが、背後に男たちの足音が迫っていた。

お菜はもはや振り返らずに、生垣めざして一目散《いちもくさん》に走った。

七

「……よくやった、菜坊」

あじさい亭まで無事に帰ったお菜を迎え、その話を聞いて、鉄太郎は存分に褒めてくれた。

「上出来だったぞ！」

もう六つ半（七時）を過ぎていた。灯りを落とした店内には安積五郎もいて、皆でお菜の帰りを待っていたのである。

「その後、清河さんはどうなったか知らんか？」

と口々に訊かれたが、残念ながらあれからどうなったか、消息は全く分からない。

お菜は伝通院境内の茂みに、清河に言われたままじっと潜んでいたのである。どのくらいそこに居たものか。追っ手は来なかったが、暗くなるまでじっとしゃがんだままだった。

這い出してからは、家に向かう小石川通りを避け、門前の安藤坂を下った。遠回りにはなるが、こちらがずっと安全だった。

小石川台地までは、曲がりくねる複雑な坂を幾つか登って、迷いながら帰って来たのである。

「ぶじ逃げきったとしたなら、なぜここに来ないのか」

安積は不安を隠しきれないようだ。

「もしここに来たとしたら、逃げ場を失った時だろう。逃げきったら、ここには来ない。役人がうようよだからね」

鉄太郎が言い、酒をあおった。

お菜は奥に行って着替え、徳蔵が用意してくれた握り飯と豆腐の味噌汁で夕餉《ゆうげ》をすませた。また店を窺ってみると、まだ二人はボソボソと言葉を交わしながら、酒を呑んでいる。

二人は清河の身を案じ、万一ここに来る事態をも考え、もうしばらく待機するらしい。

たまに小雨がぱらぱらと音を立てて走り抜け、店内の異様な雰囲気とは関わりなく、外は静かだった。

そのうち何か感じてか、つと鉄太郎が聞き耳をたて、腰を上げた。外に人の気配がしたようだったが、ここらは野良犬が多く、食べ物の匂いに引き寄せられて店の前をうろつくこともある。

かれはじっと表戸に身を寄せ、耳を押し付けていたが、忍び足でそっと勝手口まで回った。そこでしばし様子を窺っていたが、〝隠れておれ〟というように手で安積に合図した。

そっと戸を開けるや、かれはその図体に似合わぬ敏捷さで外に飛び出して行った。とたんにワッと闇の中で男の叫び声がした。

安積が刀を手にして立ち上がる。

「いや、隠れていなされ」

と徳蔵が押しとどめ、自分が出て行こうとしたところへ、鉄太郎が誰かを引き連れて戻ってきた。

「あれっ、おめえさん……」

徳蔵が叫んだ。

それはお隣のあの権之助ではないか。

鉄太郎はかれを店に押し込み、自分も続いて入って戸を閉め、酒樽に腰掛けた。そんな成り行きを隠れながら覗いていたお菜は、恐ろしくて足の震えを感じた。

「おめえ、ここに何ぞ用かい？」

薄暗い中で鉄太郎が言った。

「いや、す、すまんことで。中に灯りが見えたんで、まだやっておるのかと……」

「しかし、長いこと窺ってたようだな。中に客が居残ってるのは、よくあることだろうが。今日に限って、酔っ払いの戯れ話まで盗み聞きするとは、どういう了見《りようけん》だ。何か嗅ぎ回っていたんじゃねえのかい」

「ど、どうかお許しを……手前は怪しい者じゃねえです」

「他人の家を盗み聞きしてて、それはねえだろう。そうそう、つかぬことを尋ねるようだが、竹田一州斎《いつしゆうさい》とはお手前のことかね」

「えっ？　ま、また何を急に……」

驚愕したように権之助は細い目を剝いた。

「ひ、人違いですわ。竹田は竹田でも、わしは権之助というんで。その者がどうかしたんですか」

「いや、ちと聞き捨てならぬ噂があるんだ。一州斎は〝幕府の密偵《いぬ》〟だという噂なんだが……」

「へえ？　そ、そのイヌは一体何をしたんで？」

「密告《たれこみ》よ」

「そ、そりゃえれえこって。しかし、わしがイヌたァとんでもねえ言いがかりだ。一体、何を証拠に……」

「証拠を残す密偵はおるまい」

「誰からそんな名前を聞きなすった？」

「一州斎をよく知る者よ。昔は人相見をしていたそうだと」

すると何を思ったものか、権之助はやおら、鉄太郎の前の床に胡座《あぐら》をかいて座り込んだのである。

「ああ、その通り、わしゃァ人相見の竹田一州斎だ、それがどうした。外で盗み聞きしたのは、たしかに悪かった。しかし幕府のイヌなどとは、根も葉もねえ言いがかりだ。おめえさんがたこそ、何か悪事でも企んでおるんじゃねえのかい？」

「…………」

「わしも、明るいお天道《てんと》さんの下ばかり歩いちゃいねえがな。大金の懸賞金でもかかってんならいざ知らず、雑魚《ざこ》をたれ込んで小銭を稼ぐほど、鈍《なま》っちゃおらんよ」

お菜は驚いて立ちすくんでいた。

いつもあまり喋らず、何につけ我関せずのあの人が、こんなふてぶてしい啖呵《たんか》を吐くとは。

この成り行きに徳蔵もまた固まってしまい、一言も発しない。

その時、薄暗がりからヌッと顔を出したのは、安積五郎だった。

「おう、悪党にしちゃやけに威勢がいいじゃねえか。盗人猛々《ぬすっとたけだけ》しいとは、このことだ」

その片目の顔を一目見たとたん、権之助はのけぞるほど驚き、逃げるようなしぐさをした。

「お、おたくは……」

「そうだ、安積光徳《こうとく》の倅の五郎だ。今日の昼、この店の入り口ですれ違ったのを覚えてるか」

「えっ」

その三白眼《さんぱくがん》の吊り上がった目が、さらに細くなった。

「もしかして、あの……編み笠被ってた侍か？」

「そうだ、あんたは気づかなかったが、おれはピンときたさ。あんたと会うのは八年ぶりだが、まさかこんな所で会うとはね。まだ人相見を続けてるのか？」

「いや、まさか。観相じゃ食えんわい」

「だろうよ、観相の安積流は破門されたんだからな」

安積は苦笑して言う。

鉄太郎と先ほどからぼそぼそ喋っていたのは、権之助のことだったのだろう。二人して、かれの帰りを待っていたのだ。

安積五郎の父親は、日本橋檜物町《ひものちょう》で開業している観相家安積光徳だった。そして権之助はその光徳の門下で、安積五郎の兄弟子だったという。

一州斎と名乗り、観相家を開業していたというのだ。

ところが不始末をしでかして、八年前に光徳から破門になった。その不始末とは、いい加減な観相で複数の富商から高額を騙しとったというものだ。

おまけに破門を言い渡されるや、師匠の金庫から金を持ち出し〝しばらく拝借〟の紙切れを置いたまま、逐電《ちくでん》したのだという。

「父は訴えもしなかったが、あんたが娑婆《しゃば》におるとは思ってないぜ。今は何して食ってるんだ、インチキ薬師かね？」

「おたくの知ったことか。ともかくわしは、幕府のイヌなんかじゃねえのは分かってるだろう」

「いや、分からんね。あんただからこそ密偵と思った。現にこの半年、おれたちを探ってたじゃねえか」

「ええっ、何だと？」

「わしは今日この近くで、手配中のある人物と会うはずだった。ところが、そこに下っ引きが張り込んでおったんで、取りやめになった。なぜ知れたのかと怪しんでるところへ、バッタリあんたと出会った。ここにいる亭主に探りを入れてみると、前日その某氏が来た時も、あんたが店に居たというじゃないか」

「えっ……？」

かれはそのいかつい目を尖《とが》らせ、徳蔵に目を向けた。

「あ、いや、ここの亭主は密告なんかする人じゃない。おれが訊いたことに答えただけだ。しかしあんたは、わしらの近くをうろちょろし過ぎる……」

「へっ、どこを歩こうと大きなお世話だ。このわしが、手配中の某をたれ込んだと？なるほど、こいつは面白《おもし》れえや。仮にそうだったらどうする？」

「斬る！」

安積はいきなりギラリと刀を抜き、権之助の首に突きつけた。

「おれはあんたが密偵だと確信し、たった今、この山岡さんに相談してたところだぜ。証拠は揃ってる、一州斎が帰ってきたら、おれに斬らしてくれとな」

「ち、ちょっと待った……その証拠とは何だ？」

安積は刀をそのままに、続けた。

「昨年、おれの同志某がさる事件との関わりを疑われて、身辺騒がしくなった。それが十二月末のことだが、あんたがこの店の隣に引っ越して来たのは、今年初めだな？ここは、その某がたまに立ち寄る店だ。あんたが、内偵を命じられて隣に住み込んだと考えても不思議はなかろう」

「おいおい、出来過ぎだよ。隣に引っ越してきたのはただの偶然、どこに住もうとおれの勝手じゃねえか。そんな単純な筋書きが、証拠になると思ってんのかよ」

「黙れ。おれは斬ると言ったら斬るぞ」

安積は大きな図体に似ず、少年のように生真面目なところがある。

今も、おどけたような権之助の態度に、ハリネズミのように神経を逆立てた。

無理もなかった。

かれは清河と肝胆相照《かんたんあいて》らし、義兄弟の契《ちぎ》りを結んでいる男である。常に清河のそばにいて、用心棒役もこなしていた。

無礼討ちの時もそばに立ち会い、川越までの逃避行を共にして、さんざんな目に遭って江戸に戻ってきたのだ。

そこに待っていたのは、仲間の一網打尽の報せである。

清河邸の縁の下には、隣家から穴が掘られていたという噂があり、幕府の隠密力の凄さを見せつけられたばかりだった。

「分かった分かった」

と権之助は降参したように手を振った。

「そうまで言うなら、聞かせたい話がある。その前にこの刀は引っ込めてくれ。ヒエヒエしていかん」

「よし、五郎さん、刀は引け。話を聞こう」

という鉄太郎の太い一声に、安積はしぶしぶ刀を納めて酒樽に腰掛けた。

「で、話とは何だ?」

「おたくらが何を企んでるか知らんが……」

権之助はポキポキ音をたてて、太い首を回した。

「あんたらの言うその某のことだがね。たぶん、……らしい人物をさっき見かけたぜ」

「な、なに、どこで？」

安積が乗り出す。

「三百坂下通りだよ。わしが表通りに立っておると、一人の男がえれェ勢いで坂の方から走ってきたのさ。どうやら誰かに追われて、坂を駆け下りてきたらしい。わしはその人物に見覚えがあったんで、手招きしてどうしたと訊いた。すると、追われていると……」

権之助はすぐにそばの庭に引き込んで、たまたま扉の開いていた蔵に隠した。何食わぬ顔で表に出たところへ、何人かの下っ引きが走り過ぎて行った。

「ほう。……で、それからどうした？」

と安積が問う。

「その後、その人は北の方……小石川菜園の方へ下って行った」

「それで？

「それで終わりだ」

「うむ……」

安積は片目を大きく見開き、刀に再び手をかけた。

「そんなホラ話をおれが信じると思うか。辻褄《つじつま》がまるで合わんのだ。そもそも某は、坂を駆け上って逃げたんだ、それには目撃者もおる。坂下なんかを走ってるはずがない。それにあんたが、何故、都合よくそんな所に立っていたり、庭に引き込んだり、縁もゆかりもない者を助けたりするんだよ？」

「いや、それは……」

「一州斎よ、あんたは先ほどその表戸に耳をつけて、盗み聞きしていたんだろう？　うろ覚えで、三百坂を下ったなどとは、それこそ三百代言《さんびゃくだいげん》。いいか、某は坂を上がったんだ。正直に白状しろ。あんたはなぜここで立ち聞きしておった？　納得いく答えがなけりゃ、あんたを斬らなきゃならん。山岡さん、斬ってもいいな？」

するとと鉄太郎は腕組みして、おもむろに頷いた。

「仕方なかろう。ただし、外でやれ」

一瞬、店内はシンと静まり、また降りだした雨の音がやたらはっきりと聞こえた。

八

「あ、あの、ちょっと待って！」

急に叫び声を発したのは、真っ青になったお菜だった。

鉄太郎の言葉は、相手に白状させるためのただの脅しとは理解していた。だが恐ろしくて、声が先に出てしまった、

思わぬ伏兵に一同は驚き、そこにいることさえ忘れていたお菜を一斉に振り返った。

「今のお話、あたしが説明できます」

「な、何を言いだすだ、お菜、聞いたふうな口をきかずに、奥に引っ込んでおれ！」

徳蔵が慌てたようにたしなめる。

「だって……」

お菜は泣きそうに顔を歪めると、鉄太郎が割って入った。

「おやじ、菜坊は今日の殊勲者だろうが。ここにおる理由は十分あるぞ。さ、お菜、話してみろ」

「あの〝三百坂下通り〟には、手塚《てづか》診療所があります。それを、あの……皆さん、知らないかもしれないと思って。竹田のおじさんは薬師でしょう？　だから、そこに御用があったとしても、不思議じゃないでしょう？」

お菜の脳裏には、お英から聞いた不思議な話が鮮やかに甦っていた。あの〝老人〟がこの権之助ではないかと、たった今思い当たったのである。

「ああ、よく知っておるね」

権之助はわが意を得たりとばかり、それまでの引きつった顔に笑みを浮かべた。

「実はわしは薬種問屋で薬の調合をしておって、あそこに薬を卸しとるんですわ」

「嘘つけ！　たしかにあんたは薬に詳しかった。しかし調合してたのは、怪しげな惚れ薬ばかりじゃなかったか」

「良薬も調合しておるさ。まれだがな。それを診療所に届けに行く日が、たまたま今日だった。裏庭の薬蔵に薬を搬入しておる時、その某氏が三百坂の方から走ってきたんだ」

「よし、そこはひとまず信じよう」

きっぱりと言ったのは、黙って聞いていた鉄太郎である。

「おれはあの坂はよく知ってるが、上り始めてすぐに右に曲がっておる。同志某は、坂を駆け登って逃げる途中、その辺りの庭に飛び込んだと考えて不思議はない。ここに身を潜めて追っ手をやり過ごし、今度は坂を逆に駆け下りたとすれば筋が通る。三百坂だからといって、あながち三百代言でもあるめえよ」

「うーん」

「それに手塚診療所の良庵《りょうあん》先生は、おれの呑み仲間だ。あとで聞いてみりゃすぐ分かることだ」

「よし」

安積はなおも疑わしげだったが、再び刀を納めた。

「しかし、こんな小悪党が、一度見かけただけの人間をなぜ助けたりする？　そこは辻褄が合わねえぜ」

すると鉄太郎が権之助に向かって言った。

「おめえさん、あんたはどうやら、不始末をしでかして安積流を破門され、惚れ薬作りに励む薬師らしいな。竹田《チクデン》先生が、金を盗って逐電してりゃ世話ねえよ。だが小悪党といえども人を助けることもあろう。そこんところをもっと説明しなけりゃ、五体満足ではここを出られんぞ」

「…………」

雨はしょぼしょぼとなおも降り続いている。権之助は顎髭をしごきながら、口を噤《つぐ》んだままだ。

「説明できねえんじゃねえ」

とかれはポツリと言った。

「したくねえだけでさ」

またしばしの沈黙の後、かれは決心したように言いだした。

「わしはたしかに安積先生から破門され、それ以後は人相見はしておらん。しかし諦めちゃおらんのだよ。人間、皮肉なもんでね。易を禁じられて願人坊主《がんにんぼうず》になり、ドン底に落ちてからだよ、それまで駄目だった人相が観えるようになったのは……。例えばの話だが、昨日、あじさい亭で初めてあの人の顔を見た時、わしはギョッとした。まれにみる凶相と観えたんで……」

お菜は、あの雨上がりの客の顔を見た時の戦慄《せんりつ》が思い出され、思わず訊いていた。

「凶相ってどういう相のこと？」

「つまりだね」

とかれはお菜には、いつもの和らかい視線を向ける。

「眼中の土眼（白眼）と肉眼（黒眼）の境を、クモの糸ほどの細き赤い筋が通っておる相……。これ火輪眼《かりんがん》というてな、まことに凶相なのだよ。そうだな、死相と観ていいだろう。わしはそれが気になって仕方がなかった。ところが一夜明けた今日、なぜか偶然にもう一度会ったのだ。その時もまた同じように観えた。もしかしたらこれは天の巡り合わせか、と思って、本人に告げてやりたいと……」

「告げてどうする？」

と安積は冷たく遮り、強い視線を権之助に注いだ。

「……運気は変えられる」

「どうかな」

しかし権之助は無視して続ける。

逃げてきた男をかれはとっさに薬蔵に招き入れ、もう一度顔をよく見直してみた。だが薄暗い中でも、前と変わらぬ赤い一筋の線が浮き上がっているのが見えた。

かれはその観相を、ありのまま当人に告げたという。

「御本人が何と言ったか知りてえだろう？　ふふん、ところが何も言わなかったのさ。気性の強いお人だぜ」

男は鋭い目で、ただ挑むように見返してきたという。

「だがわしは言ってやったよ、〝運気は変えられる〟とね。すると相手は鼻先で笑った……」

男は強《こわ》ばった顔を小さく振って言ったという。

「変えられるものなら運勢とは言わんだろう。自分はそんなものは信じないし、興味もない。今の自分は、世の中を変えるほうがずっと面白い……」

「運命と、運勢は違うぞ」

と権之助が返すと、

「どちらも同じだ、私は天命しか信じない。いつだって天命を聞こうと、耳を傾けているさ。天の与えてくれるものを、私は受け入れるつもりだ」

相手はそう言ったという。

「この手の突っ張らかったお人が、実はわしは嫌いじゃねえ。たぶんわしと同類だろうからな。学者さんや偉え人に多いんだが、わしの経験じゃ、連中はたぶん誰より運命を信じてるね。だが沽券《こけん》にかかわるんで、素直にそうは言えねえんだ。それでわしの方からいつも、助け舟を出してやるんだ」

この時はこう言ってやったという。

「信じる信じないはあんたの勝手だ。ただこの後は、ひたすら北に逃げなされ。方角はほとんど閉ざされるが、北だけがわずかに開いておるからな」

すると相手はまた笑ったが、今度は素直に頷いてみせた。

ありがとうと礼を言い、そのまま北に向かう坂道を、急ぎ足で駆け下って行ったという。

「その観相が当たったかどうか、わしは気になって仕方がないのだよ。まあ、おたくも心当たりがあろう、これが人相見の性《さが》というものでな」

いま占い稼業はしてないが、天の告げるままに観相はする。そして知り得る限り、その結果を記録しているという。

ここで盗み聞きしたのも、もしかしたら清河のその後が分かるかもしれないと思ったからだった。

「ただ、事情を聞いてみりゃ、なるほど隠密《いぬ》と間違われるのも無理はねえかもしれん。お騒がせしてまことにすまんこって……」

権之助は誰にともなく軽く頭を下げ、顎髭をしごいている。

ふうっと店内の緊張が解け、安積は黙って権之助を見詰めた。

ここにいるのは、一人前になるため自分の観相の行方を知りたがっている、一人の真面目な人相見だった。


その夜更け、安積と権之助は一緒に店を出た。

すでに雨は上がって生暖かく、湿った草の匂いが漂っていた。

お菜は勝手口に佇んで二人を見送っていたが、安積を時雨橋まで送って行った権之助が何やら話しかける声が、闇を介して切れ切れに聞こえて来る。

「……五郎さんよ、一つ訊いてもいいか」

と権之助が言っていた。

「こんなこと言っちゃ怒るかもしれねえが、わしは不思議でたまらねえんだよ。おたくも観相をやる者なら、あの御仁の顔を見て、何か気づかんのかと……。あそこに出てるのは、恐ろしい火輪眼の相だとわしは観たが……」

するときれぎれに、こんな言葉が聞こえてくる。

「いや、私がそれを恐れないと思うか……だからこそ、こうしてそばを離れんようにしておるが、あの人は、いっさいその手の話は信じない。運を決するのはその者の器量だ、卦《け》など下らん世迷い言に惑わされるな……といつも言っていなさる。ならば、自分がそばにいて守るしかないと……」

二人はまた二言三言、言葉を交わしたようだが、それはここまで聞こえてこない。

権之助は、時雨橋を渡って去る安積の大きな後ろ姿を見送ってから、ゆっくりと引き返して来る。

お菜は戸の後ろに隠れてやり過ごし、ガタガタと隣家の戸の開閉する音を聞いてから、そっと外に出て夜空を仰いだ。

(清河様、ご無事で!)

そんな思いがこみ上げてくる。

これまでどこか馴染めない、少し怖いお客だったが、今は心根の優しい純粋な人だと感じる。早く遠くへ、遥か北の果てまで、逃げ延びてほしいと祈る思いだった。

夕方からたれ込めていた雲が切れ、二十六夜の細い月が出ている。犬の遠吠えが闇に響く、甘い匂いのする初夏の夜だった。

あとで聞いた話では、安積はその夜のうちに訪ねた知人宅で、清河と無事に再会したという。

そして翌日には、夕闇がおりるのを待って、二人は密かに行徳《ぎようとく》から船で北へ向かって旅立ったらしい。

権之助はといえば……。

かれが〝竹田一州斎〟と名を改め、人相見を始めたのは、それから一月《ひとつき》ほどたつ頃である。

どうやら安積五郎が、江戸を発つ前に父親に一報して、仲を取り持ったらしい。権之助は師匠に正式に詫びを入れ、金を返して、ほどなく復職を許してもらったのだという。

夏が近づくと、この近くの小川にはドジョウが多く獲れる。

あじさい亭の前には、

〝どぜう汁、一椀十六文〟

という新しい紙が改めて張り出され、ドジョウ好きの客がまた新たに集まってきた。

かれらは外の縁台でドジョウを肴に安酒を呑み、長屋に新たに誕生した人相見の噂で、暑い夏の夕べを過ごした。

ただかれのことを一州斎と呼ぶ者はおらず、誰もがチクデンと呼んでいたが、本人がそれを糾《ただ》すことはない。

第二話　ラクダの見る夢

一

桜が咲き始めたうららかな神田川沿いの道を、六尺豊かな男と小柄な娘が、前後して連れ立って行く。

その大男山岡鉄太郎は、いつものように弁慶縞の木綿の着物に茶無地の羽織、折り目の消えたツギだらけの袴で、すり減った下駄を素足に履いている。

一方の小柄なお菜は、一張羅《いっちょうら》の袷の小紋に手甲脚絆《てっこうきゃはん》、わらじ履きという遠出の装いだった。

（……おじさん、待ってよ）

大好きな鉄太郎が、珍しく自分なんかと遊んでくれるのが嬉しくて、初めは大はしやぎだった。だが懐手《ふところで》をしてゆっくり歩いていくかれは、たちまち先に進んで、距離を引き離してしまう。

お菜は遅れまいとせっせと歩く。だんだん苦しくなり、胸の中で悲鳴を上げながら、そのあとを小走りについて行く。

うっかり土手の桜に見とれていようものなら、たちまち引き離されてしまう。

この辺りは、夜には追い剝ぎが出るので有名な場所だったが、昼はまったく長閑《のどか》だった。中天は青く澄み、地平線に近くなるとうらうら霞《かす》んで、遠い山並みもおぼろである。

風は柔らかくて、急ぐとじっとり汗ばんでくる。

そんな文久二年（一八六二）三月下旬の昼下がり。

二人が向かっているのは両国《りょうごく》である。

数日前、山岡宅でのいつもの書のお稽古が終わり、並んで筆を動かしていた御新造のお英は、色褪せた袷の襟元を暑そうにぱたぱたさせながら、席を立った。

緊張から解かれほっとしたお菜は、もっと書きたくなって、練習用紙にふと〝らくだ〟と大きく戯《ざ》れ書きをした。

それが始まりだった。

「ラクダって、変な名前……。その背中に乗れば楽ちんだから〝ラクダ〟って呼ぶのかな」

とお菜は誰にともなく呟いた。

すると、そばでやはり筆を執《と》って何か書いていた鉄太郎が、それを聞きとがめた。

「ラクダの〝ラク〟は、楽ちんの〝楽〟じゃねえぞ」

と乗り出して、お菜の書いた〝らくだ〟の字の横に、〝駱駝《らくだ》〟とでかでかと大書したのである。

「この名前は、清国《しんこく》から入ってきたものだ。昔は〝たく駝〟と言った。〝たく〟とは袋、〝駝〟とは荷を背負う動物のことで、それが訛《なま》ってこうなったらしい」

「へえ、何て難しい字……」

とお菜は、師匠の美しい墨の跡に見入ってまた呟いた。

「背中にコブのある難しい動物だから、こんな字になるのかな」

鉄太郎は笑った。

お菜はとうに〝いろは歌〟を了《お》え、鉄太郎の書写した〝千字文《せんじもん》〟の稽古を熱心に進めている。熱心なのはいいのだが、漢字が少し書けるようになった興奮からか、やたら質問をして師匠を困らせるのだった。

普通はいずれ落ち着くものだが、お菜はなかなか収まらない。

例えば冒頭の〝天地玄黄《てんちげんこう》〟で、

「天は玄《くろ》く、地は黄色という意味だ」

と教えると首を傾げ、

「天は玄く地は黄色……なら、なぜ天玄地黄とならないの」

と問うてきた。

今もまた、質問攻めになりそうな予感がして、かれは予防線を張るつもりで言った。

「この字は菜坊にはまだ難しい。ま、いずれゆっくりやろう。それより急にそんなこと言いだして、もしかして菜坊、両国の御本尊を拝みてえんじゃないのかい？」

すると図星だったらしく、お菜はパッと頰を染めた。

「当たり……」

と素直に認め、笑って首をすくめる。

背にコブを背負ってはるばる海を渡って来たラクダが、この正月から、両国広小路の見世物小屋に出ているのだ。

ラクダは江戸人にとって、遠い異国への夢をかきたててやまぬ珍獣だった。珍しさ余ってか、一目見ただけで病が治るとか、厄除《やくよ》けになるとも言われ、けっこう信心されたのだ。

そればかりではない。

「その絵に触れるだけで疱瘡《ほうそう》が治る」

という触れ込みで〝疱瘡絵〟なるラクダ絵まで売られており、実に霊験《れいげん》あらたかな霊獣にもなっていた。

現在両国にいるのは、一頭のヒトコブラクダで、はるかな国ハルシア（ペルシャ）の産という。

ラクダが江戸入りしたのは、もちろんこれが初めてではない。

これまで何頭かが両国の小屋に出され人気を博したが、中で空前の大当たりをとったのは、文政《ぶんせい》七年（一八二四）に長崎からやって来た、アラビア産の夫婦づれのラクダである。

この二頭は、えんえんとラクダ行列を組んで各地で興行しながら、三年かけて江戸に到着した。

それは江戸っ子の心を大いに揺さぶったらしく、一日五千人を動員し、日延べ日延べの連続で、三か月の興行予定が半年に及んだと伝えられる。

正月半ばに始まった今年の興行は、まだ抜けない屠蘇《とそ》気分に乗って、老若男女をこぞって両国まで引き寄せた。

三か月の予定も半ばを過ぎたが、今も客足は衰えないと聞く。

突然お菜がそんな字を書いたのは、そんなラクダの評判をどこかで聞いて、憧れるあまりのことだろうと鉄太郎は踏んだのだ。

案の定、お菜は声を弾ませて続けた。

「見て来た子が近所にいるの。背中にコブが一つあって凄く妙ちくりんな動物だって……。でもおとなしくて、夢を見ているような目をしているんだって」

「ほほう、なるほど、で、菜坊も見てみたいんだな」

「ええ、ラクダはどんな夢を見るのかなって……。でも今でなくて、大人になってからでもいいの」

「どうしてだ。今、見たいんだろ？　今日でよければ、おれが連れてってもいいぞ」

「えっ」

お菜は驚いてかれを見た。

「遠慮しなくていいぞ、おれは今日は暇なんだ」

と鉄太郎は苦笑し、春の陽のあたる庭に視線を向けた。

かれが抱えている〝屈託《くったく》〟のようなものが、ふと無言のうちにお菜に伝わるってくるようだ。

このところ、かれが家に居る日が前より増えた理由を、お菜はそれとなく知っている。

この変化は、かの清河八郎が昨年の五月、絡んで来た町人を斬った無礼討ち事件によって、江戸を追われて以来のことだった。

清河の率いていた〝虎尾の会〟は壊滅したばかりか、妻女のお蓮を含む八名が投獄されたのである。

そのうち何人かがすでに牢死し、何人かが今も過酷な牢生活に耐えていると、お菜の耳にも届いていた。

幕臣の鉄太郎は入獄を免れたものの、周辺にはしばらく監視の目が光っていたようだ。そんな鉄太郎に連絡を取るため、清河は変名を使った手紙を、あじさい亭気付で送ってきた。

その清河は東北をすでに脱出して、尊王攘夷の同志を増やすため、遊説しながら全国を巡っていると聞いている。

今はどうやら京にいるらしかった。

そんなこととラクダは、何の関係もない。だからこそ鉄太郎は、行く気になったのだろうか、とお菜は推察した。

「菜坊、両国まで歩けるか」

かれはそんな屈託を見せずに、朗らかに言った。

「はい、浅草までも歩けます」

「よし、決まりだ、これから行くぞ」

と気早く立ち上がりかけたところへ、お英が入ってきた。

手にした盆には、湯気のたつ麦湯の茶碗が三つと、お菓子が載っている。

「あれまあ、お二人で、これから両国ですって？」

とお英は頓狂《とんきょう》な声を上げた。

「だめだめ、無理でございますよ！」

と何にも動《どう》じないこの妻女が、ひどく驚いたように手を振った
「そりゃ貴君様《あなたさま》は、御御足《おみあし》が早くていらっしゃるから、午後からでも、何往復でも出来ましょう。でもお菜ちゃんはか弱い女子《おなご》ですからね、両国に着いたら日が暮れましょう。ましてこの二人が並んで歩くなんて、とてもとても……」

と品のいい瓜実顔を崩し、少女のように笑い転げた。

「ともあれこれからじゃ、もう遅うございます。そんな無謀なことは諦めて、まあ、

ゆっくりお茶でもどうぞ」

言いながらお英は腰をおろし、盆を下に置いた。

「このお饅頭《まんじゅう》は、お隣からの頂きものなんですよ、ふふふ『千代田』の大福。ラクダはそのうちあたしが、連れてってあげます」

「おいおい、花より団子か」

と言いつつも、鉄太郎は座り直した。

「〃そのうち〃なんて話は、古来、実現したためしがねえんだよ」

と呟いて、お茶をガブリと呑んだ。

「いえ、お隣の坊やにもせがまれてるんですよ。ご隠居様がお若い頃……あれは文政ですか、二頭のラクダを両国で御覧になったんですって。それはそれは面白かったと、いつも坊やに語り聞かせておいでなんで、坊やは行きたくて仕方がないのね」

隠居によれば、文政の頃にラクダが来た時は、江戸中どこへ行っても津々浦々に、〃ラクダ、ラクダ、ラクダ……〃の声がひしめいていたという。

「お義姉様も、坊やを連れて行きたいけど、小さい子が二人もいてはとても行けないでしょ」

「おまえだって、養生しなくちゃいかんぞ」

お英は今年になって思いがけず懐妊が分かり、今は身重の身なのである。

「あの、あたしはいいです。そのうち……」

と言いかけてお菜は笑いだした。〝そのうち〟はなるほど、実現しない話の代名詞に違いない。

「いずれ、お父っつあんに頼んでみるから」

汗ばんで喉が乾いていたから、遠慮なしにお茶をゴクリと呑み、饅頭を頬張った。

その淡い甘さに春の温《ぬく》もりを感じた。

二

鉄太郎があじさい亭に現れ、再びラクダ見物を言いだしたのは、そのすぐ翌日の夕方である。

かれはラクダ見物について、徳蔵にこんなことを申し出た。

たまたま三日後の午後、時間がぽっかり空くのだという。

昼までは講武所での稽古があり、七つ半（五時）からは所用があって、また講武所に戻らなくてはならない。

ふだんはこんな空き時間は、千葉道場に出向いて自分の稽古に当てている。だが最近、どこへ行っても両国の〝ラクダ興行〟でもちきりだから、この際自分も見聞を広めようと思う。

しかし大の男が一人で〝ラクダ見物〟は洒落《しゃれ》にならぬ。ついてはお菜を連れて行き、ラクダを見せてやろうと思う。

そこで提案がある。

少々厄介だが、お菜は正午過ぎに、水道橋の講武所まで来てくれること。

帰りは七つ半頃には講武所に戻るから、自分の弟子の誰かにあじさい亭まで送らせること……。

この条件で、その日の午後、お菜を自分に預けてもらえないか、と言うのだった。

「そりゃァ有り難てえこって。願ってもねえお話です。帰りはわしが迎えに行きますで、どうかご心配なく」

と徳蔵は喜んで手を合わせた。

「これまでお菜には、見世物ひとつ見せたことがねえんで。このわしは、十二、三までには、お化け屋敷も毛人の曲芸も、でっけえクジラなんかも見て、夢中になったもんだがね。ほれ、お菜、ぜひお供させてもらえ。講武所までは、一人で行けるな？」

お菜は目を輝かせて頷き、鉄太郎に言った。

「おじさん、ぜひ連れてって！」

かれはいつもの癖で、箸を両手に持ち、右と左で剣劇ごっこをしていたが、チラとお菜を見た目は笑っていた。


神田川に架かる筋違門橋《すじかいもんばし》は、人が、馬が、大八車が、ひっきりなしに行き交う交通の要所だった。外神田からこの橋を渡ると、内神田の神田須田町《すだちょう》になる。

この辺りから風に乗って、遠い太鼓の音が聞こえ始めた。

見世物小屋の誘い太鼓だろう。とたんに遅れがちだったお菜は、早足になった。

鉄太郎より先まで駆けては振り返り、手招きする。

「おじさん、早く早く……」

「急がなくても大丈夫、ラクダは逃げんよ」

そう言われても、お菜は気がせいてならない。

静かな小伝馬町《こでんまちょう》の牢屋敷裏を抜け、旅籠《はたご》が軒を並べる馬喰町《ばくろちょう》に出ると、急に通行人が多くなる。さらに両国橋たもとの広小路まで来ると、どこからともなく群衆が涌き出て来た。

もともとこの広小路は、橋を火事から守るための火除地《ひよけち》だったという。だが両国橋は花火の名所でもあり、見物や夕涼みで一年中、人が多く集まる。そうした人出を当て込んで、空き地に食べ物の屋台や茶店が建ち並ぶようになった。

さらに見世物小屋や芝居小屋などが出来て、いつしか江戸一番の歓楽地になった。手入れがあったり火事に見舞われた時、いつでも畳めるように、そのどの建物も簡易な仮設小屋だった。

「いいか、菜坊、おれから離れるなよ」

鉄太郎が念を押した。

「大丈夫、おじさんは背が高いもの」

お菜は神妙に答えた。かれは頭一つ抜き出ているから、人ごみで見失うことはないと思ったのだ。

「ばか、自分が人より背が低けりゃ、結局何も見えんさ」

お菜は笑い、息をはずませ、きょろきょろしながら進むうち、原色の幟《のぼり》が密集する通りに出た。

さまざまな見世物小屋や、水茶屋が、大川沿いの通りにぎっしり並んでいる。そのどの小屋にも幟が川風にはためき、人がごった返していた。

「にんぎょう……おんな……とうふ……あわ……あわゆき」

などとお菜は、目につく字を片端から声に出して読んでいく。少しでも読めるのが嬉しくてたまらない。

どの木戸口でも法被《はっぴ》姿の木戸番が、鳴り物入りで口上《こうじょう》をがなりたて、多くの見物人の足を引き止めていた。

お菜はその一人一人に眼を止めて、楽しんだ。

丁稚《でっち》連れの隠居はヒマつぶしかな……。下女を連れ、髪を串巻《くしまき》に結い、眉を落としお歯黒をつけた粋な女は、日本橋あたりの呉服店の若内儀だろうか。

物珍しげにきょろきょろしているお侍は、地方から赴任してきたばかりの勤番侍《きんばん》……。背中で火がついたように子を泣かせたまま、木戸をのぞき込む母親……。

そんなところへ、ひときわ華やかな一行がやって来た。

一見して大店の大旦那と、それを取り巻くわけありの女たちと見える。島田くずしや灯籠鬢《とうろうびん》に結った艶やかな女が三、四人、ただの酌婦に見える女がさらに数人。

その中心にいる五十前後の男は、一杯機嫌のお大尽か。

でっぷりした体に纏っているのは薄色の近江上布《おうみじょうふ》の着物と、濃緑の絽《ろ》の羽織。その太鼓腹を締めているのはさび色の献上博多帯で、懐時計の金鎖をからませている。

柳橋《やなぎばし》辺りの馴染みの茶屋で、昼間から芸者を上げて飲食するうち、見世物見物の話が盛り上がったものか。

かれは女達に囲まれて上気した顔をテカらせ、

「曲芸でもラクダでも好きな小屋で遊んで来い」

とばかりに、気前よく金をばらまいているのだった。

お菜は眼を丸くして、そばの鉄太郎に囁いた。

「おじさん、あれ、小判だよ」

「うん、あの御仁は、評判の大旦那だからね」

と鉄太郎は誰か知っているのか笑っている。

ラクダ小屋はすぐに分かった。

〝らくだ〟と染め抜かれた幟と、ヒトコブラクダの浮世絵をでかでかと掲げ、ひときわ派手に呼び込んでいる。

鉄太郎が、浮世絵に書かれている漢字文を解読してくれた。

「ええと……南天竺《てんじく》流砂の地より、英吉利《イギリス》の商官某がこれを買い取って、横濱《よこはま》の港に着き、四海静謐《せいひつ》五穀豊穣を祈って、ここに出せるものなり……か」

その声に、そばにいた老若男女が聞き入った。

一様に静まりかえっているところへ、ここぞとばかり木戸番が声を張り上げる。

「……さあ、眼福《がんぷく》眼福、ひと眼拝んで行きなせえ。山越え、海越え、砂漠を越えて、はるばるやって来たラクダ様々だよ」

と拍子木を打ち鳴らす。

それに合わせて横に並んだ腹巻き姿の三人衆が、太鼓を叩きまくる。

「ラクダは霊験あらたかにござんなれ。ひと眼見ただけで病いが治る、ハシカ吹き飛ぶ、疱瘡が腰を抜かして逃げ出すよ、それで木戸銭はたったの三十二文！　かけ蕎麦二枚のお値段だ、これで入らにゃ大損だ……」

ここでまた拍子木と太鼓の、乱打となる。

「さてもさても、呑まず食わずで百日生きられるラクダ様だ。その小便はご利益たっぷり、不老不死の妙薬にござんなれ。毎朝欠かさず呑みなせえ、たちどころに虫が下《くだ》る、死にかけの病人が起き上がる、禿げ頭に毛がはえる。女房悦び夫婦円満、坊やの寝小便も収まるよ……」

ここで拍子木をパンパンと鳴らす。

「まだまだあるよ、干して粉にすりゃ鼻血が止まる、火で燃やせばハエ、カが落ちる。

ほれ、そこのご機嫌の旦那さん、酔いさましに一杯試してみなされ」

どっと笑い声が上がる。

この口上にお菜はすっかり引きつけられ、陶然として聞いていた。

気がつくと鉄太郎が、目の前で木札を振っていた。いつの間にか木戸番から、二本の木札を受け取っていたのだった。

入り口でこれを見せて、札銭を払えば、入場できるのだ。

お菜はその時になって、家を出て来る時に徳蔵が持たせてくれた金包みを思い出した。そればかりでなく、長屋の者からも餞別《せんべつ》をもらい、よっく見てきてわしらに話をきかせろや……と送り出されたのだった。

「あたしすっかり忘れてた、お父っつあんからこれを預かったの」

と包みを渡そうとしたが、かれは笑って押し返した。

「おやじさんも気がきかねえな……」

と呟きながらさっさと二人分を払い、先に立って中へ入った。

三

小屋の中は満席で、ムッとするほどむし暑い。

湿っぽい人いきれに、動物の匂いが混じっていた。

薄暗い前方に半円形の土俵のような舞台があり、それを囲むように少し高い桟敷席《さじき》が、二段構えでしつらえられている。

舞台も薄暗いが、ラクダが出て来る時はランプが点灯された。

続いて横笛、太鼓、摺鉦《すりがね》の数人の唐人服の楽隊が入ってきて、とてつもなく賑やかなお囃子《はやし》演奏で、観衆の期待をあおり高める。

そこへ三人の唐人らしい若衆と共に、背中にコブのある奇妙な動物が、ゆっくり引き出されてきた。

満場の拍手に迎えられるのは、珍獣ばかりでない。

それを巧みに操る唐人服の若衆が美男揃いで、大人気だった。

一人がコブに乗って、一人が首縄をひく。もう一人が客席からの投げ銭を拾ったり、籠に入れてある野菜を与えたりする。

三人は入れ変わり立ち替わり、踏み台を使ってラクダの背に乗っては、お囃子に合わせ曲芸めいたしぐさを見せて、拍手を浴びるのである。

それが一通り終わると、野菜籠を持って場内を回り、客に人参や大根や芋を売る。野菜を買った客は、ラクダに手ずから食べさせられるのだ。

四半刻ほどのこの一幕の見世物を、一日に何度も繰り返すらしい。

入れ替え制ではないが、客は他にも幾つかの見世物小屋をハシゴするため、たいてい二、三回見て出るようだ。

前の桟敷に陣取ったお菜は、すっかり魅了され、夢中になって見入った。そのラクダは絵に描かれているほど大きくはないが、鼻が白く耳がでかくて、眠たそうな目をしていた。

(夢を見てまどろんでるのかな)

と思える目だった。

唐人服を着て髭をはやした男たちが、どうも日本人らしいと分かっても、遠い異国への憧れはかきたてられてやまない。

最初の一回が終わると、もう一回見ようと鉄太郎にせがんだ。

「ああ、何十回でも付き合うよ」

とかれは笑って頷いた。

どうやら近くの席に誰か知人がいるらしく、腕組みをして何やら喋っている。

「あたし、ちょっと涼んでくる」

と断ってお菜が何気なく席を立つのを、かれは目で追った。

次が始まるまでの間、少し見世物小屋を探検してみようと思いたったのである。ぞろぞろと席を離れて出口に向かう人、そこから新たに入ってくる人の群れ。その混雑に紛れ込んで、奥の方へそろそろと進んだ。

小屋の人が時々消えていく奥の木戸の向こうが、楽屋裏《がくやうら》らしいと見当をつけた。そこには『立入禁止』の札が出ているが、お菜はその全ての字が読めるわけではない。むしろその札に誘われるようだった。

さりげなく近づいて、試しにそっと板戸を押してみる。それには鍵がかかっていなくて、戸は一尺ばかり向こう側にパタンと開いてまた戻って来た。

そこで再び押し、スッと身を忍び込ませた。

動物の臭いが鼻をついた。

あの〝唐人〟たちがいないかと、物陰から伸び上がるようにして窺ってみたが、外で休憩しているのか、中はしんとして誰かがいる気配はない。

空気が籠って蒸し暑く、ジメジメと湿っぽい。話に聞いた、クジラという大きな怪獣の腹にでも入ったみたいに息苦しかった。

軽い後悔に襲われ、戻ろうかと思った時、フウッ……と奥で動物の鼻息みたいな音がした。

(ラクダ?)

ドキンと胸が高鳴った。

まさかと思い、薄暗がりを透かし見た。奥には柵があるようで、どうやらその中に動物がいるようだ……。

誰か見張りはいない? 薄暗い柵の中にラクダだけ?

じっと目をこらしてそろそろ近づいたが、番人らしき姿は見えなかった。おぼろな灯りに、ラクダがこちらにこんもりと大きな尻を向けて座っているのが見える。

そばの踏み台に体を寄せるようにして、束の間の休息をしているらしい。

ラクダの午睡の夢はどんなものだろう。

そんな興味で、迷いながらも胸ときめくまま、こわごわと足を踏み出してみる。ラクダはおとなしい動物だと聞いた。

驚かせないよう、夢から醒めないようゆっくり近づいていく。

目を醒ました時、野菜があれば何とかなるかもしれない、と辺りを見回したその時、急に板戸がパタンと開いて、誰かが入って来る足音がした。

お菜は反射的に飛びのき、何かの衣装が掛かっている暗い壁に貼り付いた。

急ぎ足で入ってきたのは細身の男で、浴衣《ゆかた》を尻はしょりにし、頭には手拭いを粋な吉原被りに被っている。

一瞬、どこかで見たような気がした。

ああそうだ、たしかこの通りのどこぞの角に立ち、ラクダ小屋への呼び込みをしていた男ではないか。色白で眉毛の薄い、優男《やさおとこ》だったっけ……。

男は何かを懐に入れているように見える。

まっすぐラクダに近づくや、やおら馴れた様子で踏み台に乗り、ラクダの背の辺りにその包みを置いたように見えた。

すぐ踏み台を下りて引き返そうとして、男はふと何かに感づいた。その細くはしこい目は、暗がりの壁に貼りついている影を見つけてしまったのだ。

「そこに、誰かいるのか？」

男は足を止め、見かけによらぬドスのきいた声を上げた。

お菜は震え上がり、声も出ない。

「誰でえ、そこにいるのは……」

と男は腰を低くし、用心深く近寄ってくる。

「ご、ごめんなさい！　迷っちゃって……」

お菜は思い切って声を上げた。

「てめえ、女か」

「…………」

「やい、このあま、ここで何してやがった？」

「ラクダを見にきただけ！」

恐怖に竦《すく》んだお菜は、そう叫んで壁からぱっと離れるや、無我夢中で板戸から飛び出した。

あとも見ずに鉄太郎のそばまで帰り着くと、やっと安堵した。だが席に座っても、胸の動悸はなかなか鎮まらない。

やがて二回めの興行が始まり、あのラクダが前回と同じように出て来て、つつがなく進行していく。

何ごともなかったのだと思い、初めて気が落ち着いた。

すると、あんなひどい罵声を浴びたことに、今さらながら腹が立ってくる。楽屋への無断闖入者《ちんにゅうしゃ》なんだもの、叱られて当たり前だろう。

だが、あの荒っぽい下卑た叱責を受けるほどのことだろうかと、お菜は悔しく、〝見世物小屋〟への夢が崩れ去るようだった。

人一倍好奇心が強く、どこかへ行けば決まってあちこち覗きたがる……そんな子は、何も自分に限ったことじゃない。

終わった時に鉄太郎に、

「もう一回見るかい？」

と訊ねられて、お菜は首を横に振り、先に立ってさっさと小屋を出た。うららとした日差しの中に出ると、ホッとした。

川からの柔らかい春風が、身体に纏いついた湿気《しけ》った空気と、お囃子の音と、耳から離れないあの汚い罵声を連れ去ってくれる。

「おい、菜坊、どうだったかな？」

鉄太郎がニヤニヤ笑いながら言った。

「ええ、凄く面白かった」

「それは良かった。もう一回ぐらい見ても良かったんだよ」

「ううん、あれで充分……おじさん、ありがとう」

「そうか、じゃ何か食うかい？」

「あたし、お腹空いてない」

とお菜は首を振る。

「遠慮するな」

とかれは笑って懐を叩いてみせる。どこかで工面して来たのだろう。だが遠慮ではなく、本当に食欲が失せていた。

「じゃ、菜坊、あの字が読めるかい、あれならどうだ」

と近くを見回し、そばの河畔ではためいている黄色の幟を差して言った。

「く、ず、ゆ……」

お菜は得意そうに読んだ。

「そうそう、よく読めた。これなら呑めるだろ？」

「はい、大好きです」

とお菜は、大きく頷いた。

葛湯は、葛粉と砂糖を湯で溶いて冷やしたもので、その冷たい甘さがお菜は気に入っていた。

かれは先に立ってその茶店に入り、葛湯を二つ注文し、店の前の縁台に並んで座った。若い娘が盆に葛湯を載せて運んでくる。

二人は目の前の雑踏を眺めながら、啜り始めた。

お菜は味わうようにゆっくり啜ったが、鉄太郎は一気に飲み干して茶碗を置いた。

どうやら、何か用を思い出したらしい。

「菜坊、おれはちょっとそこの番所まで行ってくる。すぐ戻るから、ゆっくり呑んでおれ。ここを動くなよ」

と言い置いて、立って行った。

人ごみをかき分けて遠ざかるのを見送ってから、喉ごしのいい冷たい葛湯を、ゆっくり少しずつ美味《おい》しく呑んだ。

しかし呑んでしまっても、いっこうにかれは帰ってこない。

手持ち無沙汰だし、茶店は混んでいてこれ以上は座っていられない。お菜は辺りを見回した。すぐ近くにはためく幟に〝芋虫少女〟と書かれているが、〝芋虫〟の字がよく読めない。

(読めなくたっていい、ちょっとそこらを見物して、この幟のそばに戻ればいいのだ)

……と考えて川の方に目をやった時、通りの角の柳の木の下に、こちらを見て立っている男が目に入った。
目が合ったとたん、ゾッとした。
手拭いを吉原被りにした、あのラクダ小屋の優男ではないか。
とっさにお菜は立ち上がり、目の前の雑踏に紛れ込んだ。偶然だろうか、それとも
こんな所まで後をつけてきたのか？
楽屋に迷い込んだぐらいのことで、追いかけて来たのだろうか？
もしかして自分は、そうとは知らずに、何か大変なことに巻き込まれてしまったの
か……。
あらぬ疑問がふつふつと胸に渦巻き、足が速まった。
あの光景を思い出してみる。
ラクダの背には何か布が置かれていたようで、男はその布と背の間に何か隠したよ
うだ……。だがその直後、同じラクダに唐人が乗って、会場に出ていたのだ。もしか
したら、唐人もグルか？
それともその時は、あの〝何か〟を別の所に移していたか。
人にぶつかり、どやされながらも懸命に人ごみをぬって走った。群衆から出ないよ
うにしようと思った。この辺りから離れなければ、もうすぐ鉄太郎が戻ってこよう。

お菜は身の軽い方だったが、追って来る男はさらにすばしこかった。巧みに人波をすり抜けながら背後まで迫ってくる。

しまいには横に並び、ぐいとお菜の手を取って、素早く人ごみから引きずり出そうとした。

「助けて！　人さらい！」

とっさに叫んでもがき、抗《あらが》ったが、男の方がウワ手だった。

「へえ、お騒がせしてすいません」

と周囲に頭をさげ、

「あっしはそこの小屋の者だが、このあま、タダ見の常習なんでさ！　甘くみてるといい気になって、今度こそ番所に突き出してやろうと……」

すると人々は競って道を開け、通してやる。

皆に同情の目で見られながら、男は小屋の裏の方へお菜をひきずっていく。鮮やかな手際だった。

「さあ、嬢ちゃん、この町から出たけりゃ正直に言いな。何を探りに来たんだね？」

嗄《しゃが》れた猫撫で声が、しゃがみ込んだお菜の頭上に降ってくる。

お菜は首を振った。

「ラクダを見たかっただけ」

「会場で見たじゃねえか、その上に何を見た」

「何も見てないよ、入ったとたんあんたが来たんだ」

「嘘つけ」

男はお菜の襟首を摑み、締め上げた。

「一緒にいたでっけえ男は何者だ、あいつに頼まれたんだろ？　言わねえなら面倒だ、川に放り込んでやる」

男はそばにあった棒を摑み、振り上げる。

お菜は一瞬、目を瞑って観念した。息が苦しくて、もう逃げられそうにない……。

だが棒は下りて来ない。薄目を開くと、背後から、棒をかざした男の手を摑む者がいた。

四

「何をしておる！」

そこに雷神のように立ちはだかり、男の右手を捩り上げているのは、鉄太郎だった。

「痛ててッ、やめてくだせえ。このあまが、タダ見の常習なんでさ。木戸賃を払えと言ってどこが悪い……」

「あの札銭なら、おれが払った」

「あ、そ、そうですかい、ならいいんだ。事情は分かったから、この手を放しておくんなせえ」

「菜坊、放していいか？　一発殴られたら、一発殴り返してもいいんだぞ」

お菜は首を振った。

鉄太郎が力をゆるめたとたん、男は振り切って離れていく。

痛む腕を回しながら、脱兎《だっと》のごとく人ごみに消えていく男を、鉄太郎は目で追っている。

その腰に、思わずお菜は抱きついていた。

「おじさん、遅いじゃない……」

どっと涙が溢れた。

かれの体の暖かい手触りに安堵したせいか、後から後から涙が出て来た。父親のようでいて、父親とは違う何か甘やかな気分に、どっぷりと浸かっていたかった。

「ごめんごめん、怖かったろう」

とかれは謝って、大きな手でお菜の肩の辺りをさすった。

「いや、顔見知りの同心と会ってたんだ、いろいろ積もる話があってな……。聞いた話じゃ、どうも最近は、この付近を掏摸《すり》が荒し回ってるらしいぞ」

「えっ、掏摸？」

「そうそう、先刻《さっき》のお大尽、若狭《わかさ》辺りの廻船問屋の旦那だが、懐中のものをごっそりやられたそうだ」

それを聞いた瞬間、楽屋で見た光景が、再びお菜に甦った。

あの優男は小屋の人だろうが、何か隠したように見えたのは間違いない事実である。

おまけにちょっと入っただけの自分に罵声を浴びせ、異様な執念で付け回したあげく、何か見たかと迫ったのも少し妙ではないか。

はっきりとは名指し難いが、何か脳裏に稲妻のように閃くものがあった。

「おじさん、あの人摑まえて！」

思わず叫んだ。

「さっき楽屋で見たの。あの人、ラクダの上に何か隠した」

鉄太郎はお菜の顔を見て、何か察したのだろう。

「よし。おれがなかなか戻らなかったら、そこの番所に行け」

と言うや、人ごみに飛び込んで行った。

しばらく待ってから、言われたとおりお菜は両国橋そばの番所に向かった。入ってすぐの土間に鉄太郎はいたが、お菜の姿を見ると、すぐに外に押し出した。

そこでは、思いがけぬ修羅場が繰り広げられていたのだ。

土間に引き据えられていたのは、あの男だった。後ろ手に括《くく》られていたが、口は自由で、悪態の言い放題……。

かなり暴れたらしく手首や口元に血が滲み、浴衣は血だらけ泥だらけで、頭に被っていた手拭いはなくなっている。

だが鉄太郎の腰にあるのは、刀でなく木刀である。

どうやら男は鉄太郎に刃向かって匕首を振り回し、それを叩き落とされ、ねじ伏せられた。それまでに暴れ過ぎて、自分の持つ凶器で体を傷つけてしまったのだろう。

男の周囲を、同心やら岡っ引きや番所役人、さらに町人などが十人ほども取り囲んでいる。その中に、先ほどのあのお大尽もいた。

その数人の町人は、懐中の物がないのに気づいて駆け込んで来た、掏摸の被害者だった。

そこへ引きずられて来た男を見て、皆は一斉に騒ぎ出したようだ。

「たしかにこいつだ！」

「こいつとぶつかった覚えがある」

「この若いのは、さっきから近くをうろうろしておった」

すると男は、土気色の顔をさっと朱に染めて気色《けしき》ばみ、

「てやんでェ、てめえら」

……と始まった。

そこへお菜が顔を出したのである。

「何を証拠にそんなデタラメをほざきやがる。そもそも、おいらが掏摸なら、こんな小汚《こぎた》ねエ所にウロチョロしてるかい。とうにどこかへずらかっていらア。おいらは、通りで堂々、客の呼び込みをやってたんでえ。てめえらに見られて当たりめえじゃねえか。何か文句あっか」

あまりの剣幕に押され、皆は黙り込んでしまった。

その時、男はお菜が入ってきたことに気がついた。お菜を見たとたん、急にかれは、鉄太郎に向かって悪態をつき始めた。

「やいやい、そのでけえお侍ェさんよ。あんたの連れ回してるその娘っこは、てえし

たあばずれだぜ。やくたいもねえホラ話に騙されやがって、さっさとこの縄を解きやがれ！」

「お前は、この娘を付け狙い殴ろうとしたな？」

「そいつは、勝手にうちの小屋に入《へ》ェり込んだネズミなんだ、こっちこそ訴えてえところだよ。いい恥かかせやがった」

「この娘に、現場を見られたんじゃねえのか」

「チッ、疑うなら、証拠《ぶっ》を持って来い、この旦那がたの巾着《きんちゃく》を、耳を揃えて並べてみやがれ」

外に押し出されても、お菜の耳にはその声はがんがん響いてくる。

震えが走った。

あの男がラクダの背に何か隠したとしても、その直後に興行があったのだから、とうにどこかへ持ち去ったはずだ。証拠なんて、残っているはずない。もしかしたら自分のせいで、鉄太郎は大恥をかくかもしれない……。

すると、当の鉄太郎の笑い声がした。

「威勢のいい兄さんだな。さっきはタダ見の常習といい、今度はネズミという。どっちがほんとなんだ？　ちょっと確かめて来るから、もう少しここにいろ」

そんな声がして、ガラリと戸が開いた。その声の主が、若い町方同心の戸田定吉《とだじょうきち》を連れて出て来た。

「さあ、あのラクダ小屋に戻るぞ。菜坊もついておいで」

五

狭いラクダ小屋の楽屋裏に、鉄太郎、定吉、その手下の岡っ引き、お菜が入ると、一杯だった。

そこへ、親方と呼ばれる小屋の主人も加わった。

この親方は五十前後だろう。がっしりした長身で、髷に白いものが混じっている。色黒の長い顔はどこか笑っているような、飄々《ひょうひょう》として摑みどころのないご面相である。

「へえ、うちの若い衆が……？　ふむ、ふむ、手拭いを吉原被りにした細身で……そいつが掏摸の仲間らしいと……ほう、それはそれは」

最初に小屋の木戸口で定吉から事情を聞いた時、かれはしゃくれた顎を撫でてしきりに首を傾げた。

「なるほど、コブの上に財布らしきものを置いたと……ふーむ、しかしそいつァ、ほんとにうちの者ですかね」

「ここは誰でも、勝手に楽屋まで入れるのかい」

　と定吉が問うた。

「いや、まさか、そんなこたァねえが……。何せ外回り衆は一日ごとの雇いでねえ。入れ替わり立ち替わりだから、わしらはよう知らんのです」

「ふむ、まずは見せてもらおうか」

「ようがすとも、ちょうどラクダの休憩時間だ。今のうち見てもらいやしょう。ただし旦那がた、ラクダを驚かせねえよう頼みますよ」

　と請け合い、一行を楽屋裏に案内したのである。

　親方は馴れた足取りで踏み台に乗り、ラクダの背を覆うきらびやかな布を取り外して見せた。その下には茶色の毛がふさふさと生えていて、何も怪しい物は見あたらない。

「その者が、ここに何かを置いたとしても、次の回には唐人が乗りますからね。連中が何も騒がねえとこを見ると、すでにそいつが持ち去ったとしか考えられん……」

　そこへ、ラクダの世話人らしい異人が、息せき切って駆けつけてきた。香料の匂いだろうか、嗅ぎ馴れない、甘い香りがその体臭から強くたちのぼった。

背は低いが筋肉質の逞しい若者で、肌の色が浅黒く、目は深い海のような群青色《ぐんじょういろ》をしている。ハルシアからラクダに付き添ってきたというだけに、どこか神秘的に見えた。

驚いたことにこの親方は突然、異国語を話し始めた。

身振り手振りに時に笑みを交えながら、英語と思える異国語で何かを、短く、しきりに問いかけている。

すると異人は怒ったような口調で何かわめきたて、あの神秘的な目を燃えたたせてジロリと一同を睨んだ。

親方は肩をすくめ、笑ったような顔で通訳する。

「この者が申すには、今日、何か変わった物を見つけた覚えはねえそうで……。ラクダが客席に出る前はいつも、自分がアレコレ世話を焼いておるんで、間違いねえと……」

すると異人は激しい口調でさらに二言三言を口にし、さっさと出て行った。

親方はまた顎を撫でながら、通訳して言った。

「さて、やつが言うには、次の回まであまり時間がねえんで、このくれえにしてほしいと。しかし、ラクダに乗る唐人にも、話を聞いてみてくれと……。連中は外の休憩所におるんで、これからわしが案内しやしょう」

「うむ、そうするか」

と定吉が頷いて、促すように鉄太郎を見上げた。

だが鉄太郎は腕組みをして黙り込み、ぎょろりとした大きな目でラクダをじっと睨んでいる。

お菜はその横で気を揉んでいた。

(どうやらあたしの見間違いだったのだ。おじさんは引っ込みがつかなくて、困っている)

そう思うと気が気でなく、息を止めるようにして見守った。

しかしかれは何を思ったか、やおら踏み台を二段ほど上り、手を伸ばしてラクダの背に触れたのである。

「あっ、お武家様、触れるのは勘弁してくだせえ」

と親方が慌てたように言った。

「ラクダはくたびれて、神経が立ってますでな」

その言葉も聞こえないように鉄太郎はいっこうに動じず、背の辺りをそろそろと撫でている。

「ノーノー！」

とその時、絞り出すような奇声が聞こえ、何やら叫びながら飛び込んできた男がいた。出口の辺りでこちらを窺っていた先ほどの異人で、しきりに大声で怒鳴っている。

「オーケーオーケー」

と親方が手を振って男を制止し、こう通訳する。

「世話掛りによれば、ラクダは驚くと大暴れする、乱暴はやめてもらいてえと、こう申しておりやす。へえ……」

「乱暴はしておらんぞ」

と鉄太郎はまるで動じずに言う。

見かねた異人は親方の制止を振り切って、座っているラクダのもとにまっしぐらに駆け寄るや、首を叩いて立たせ、その場から連れ出そうとした。

「取り調べの最中だ、邪魔だてはまかりならん！」

と定吉が、男の襟首を摑んでグイと引き戻した。すると異人は大きな声で叫び、その手を振り払った。

ズドン！……と突然、腹に響く銃の音が轟いた。

異人が懐から拳銃を出し、台の上にいた鉄太郎を狙ったのだ。

しかし一瞬早く、鉄太郎は身をかわした。その手の動きを見逃さなかったのだ。驚いたラクダが〝ヒヒーン〟と鳴いた。

皆はギョッとして息をのみ、全員の視線が一斉にラクダに集まった。ラクダもヒヒーンと鳴くのか？

すぐに鉄太郎がそばに走り寄って、興奮して鼻息を荒くしているラクダの首を叩いてなだめ、やおらコブの付け根辺りにそっと手を差し込んだ。

ズルッと手が入った。そのコブを左右に揺すると、留め金のような金具が外れ、ぽっかりと取れてくる。

「やッ、な、なんだ、こりゃァ！」

定吉が頓狂な声を上げる。

「一体、どういうこった？」

「コブがないラクダは、ヒヒーンと鳴くらしいな、ははは……」

と鉄太郎は大笑いして言い放った。

「す、するてェと……ラクダじゃねえとすると、こいつは一体何物なんで？」

若い定吉は目を丸くしている。

「俗に言うウサギ馬というやつだろう。ロバのことだ。ロバにしちゃ少しでかいが、畸形かもしれん」

言いながら、そのコブの中から何かを次々と取り出し、一つ一つ床に放っていく。目を凝らすと、そのほとんどが贅沢な革製の巾着で、そのいずれにも凝った根付けがついてる。

ぎっしりと中身が詰まっているのか、どれも丸々と膨らんでいて、床に落ちると金貨の触れあうようなガシャリという音がした。

長い顎をさらに長くして、茫然と成り行きを見守っていた親方が、突然、叫び声を発した。

異人が逃げ出そうとしている。

そうはさせじと、大男の親方が背後から飛びかかって床に組み伏せ、拳固で殴りつけた。

何がどうなっているのか、お菜は驚愕の表情で凍りついていた。定吉までもが、戸惑ったようにつっ立っている。

「おいおい、そこのお役人、ぼやぼやしてねえで、そいつに早く縄をうったらどうだ！」

鉄太郎が怒鳴った。

「そいつは、掏摸の仲間よ。さっきの男の一味だ。こしらえ物のコブに、盗品の巾着を隠そうなどとは、ラクダ掛り以外に思いつくことじゃねえ」

「……とすりゃ、あと一人はいるわけだな」

と定吉はやっと落ち着きを取り戻し、親方を睨み据える。

「受け取るやつと、隠すやつが捕まったんだ。もう一人掏るやつを逃がしたな」

「だ、旦那、そりゃァわしの知らねえこった」

親方は長い顔を歪めて言った。

「面目ねえ話だが、こいつに一杯食わされたよ。はるばる砂漠の国から連れてきてやったってェのに、恩人のこのわしを騙しやがったんだ。わしは掏摸一味とは関係ねえし、誰も匿っちゃいねえ。こいつ、太エ《ふて》やつだ」

と親方は、鼻血を流して形相もすごい異人を、突き飛ばすようにして定吉に引き渡した。

「さ、こいつを存分に調べておくんなせえ。調べさえすりゃ、分かるはずでさ」

「そりゃ親方、さぞ大変だったろうよ。あんたは偽ラクダ一座の興行で、手一杯だったからな……」

と鉄太郎が揶揄《からか》うように言った。

「偽ラクダが露見しねえように、誰も人を寄せつけず、隔離しておくのに精一杯だったろう。ラクダは気が立ってるとか、驚かすと暴れる……とかね。一味は、そこにつけ込んだんだな。たぶん、このラクダ掛りが、一番の凄腕だろう。偽ラクダ一座と掏摸一味の、両方から甘い汁を吸っておったろうから……」

意味が通じているとも思えぬラクダ掛りが、燃えるような青い目で鉄太郎を睨んで何ごとか叫んだ。

すると言葉を解したごとくに、鉄太郎は言い返した。

「そうだ、ラクダが真物かどうか、そんなこたァおれの知ったことじゃねえさ。ま、その筋のお調べに任すよ」

「菜坊、待たせたな……」

と名を呼ばれた時、お菜は、芝居から現実に引き戻されたような気がした。何が何やら分からぬままに、奇天烈《きてれつ》な舞台は幕引きとなったのだ。

定吉と何か言葉を交わしていた鉄太郎は、話がついたらしく、お菜に向けた顔は明るかった。

小屋の出口まで来て、送ってきた定吉を振り返り、

「例の件……急いで頼むぞ」

とまた念を押すように声をかける。

「大丈夫、明日までには、いい報告が出来ましょう。あの者も、千葉道場で鍛えた仲ですから」

と定吉が返した。

鉄太郎は頷いて、見世物小屋をあとにした。

かれと離れないようにして、西陽に晒された人ごみに紛れ込みながら、お菜は鉄太郎の言葉の端々を考え続ける。

今になって、初めて気がついたことがあった。

(鉄おじさんは、あの同心に頼み事をしていたけど、もしかしたら入牢中の同志のことでは？)

北町奉行同心の定吉の手蔓を使って、牢屋敷の同心に渡りをつけようとしているのでは……。先ほど、長く茶店に帰って来なかったのも、そんな相談だったのではないかしら。

この自分に付き合ってラクダを楽しみながら、一方で同志の支援を考えていたのだ

と思うと、何となしに胸が詰まった。

鉄太郎のあとについて両国広小路を出ると、急にあの喧噪が嘘のように遠ざかる。行き交う人も少なくなった辺りで、やっとかれが口を開いた。

「しかし今日はとんでもねえ日だったな。菜坊も、こんなこと初めてだろう」

「ええ、びっくりした」

とお菜は声を弾ませた。

「あれがラクダじゃないなんて……」

「考えてみりゃラクダの実物なんて、誰も見たことがねえんだからね。何が出て来たって、ころりと騙されちまうさ。浮世絵によれば、もっと大きくて首が長いようだが、実物を見りゃ、こんなもんかと思うのが人情さ」

「どうしておじさんは、偽物と分かったの？」

「え？　ああ、そうだな」

とかれは笑い出した。

「まあ、いつも一杯食わされてるからだろう。ただ、馬の匂いがしたのは確かだね……」

旗本の子弟は、十三の頃から騎乗を義務づけられている。

少年時代を高山《たかやま》で過ごした鉄太郎は、馬は好きで、よく愛馬を駆って遠出したものだった。その時の馬の感覚、その匂いが、不意に戻ったような気がしたらしい。

「しかし、掏摸事件がなけりゃ、おれもこれがラクダだと思って帰ったろうよ。ははは……」

「あの親方も、本当に一杯食わされたの？」

「さあて、それはどうだろう」

とかれはまた笑った。

「うーん、そこまで考えなかったが、その辺はおれも分からんな。海千山千て言葉は、あの恍《とぼ》けた親方のためにあるかもしれん」

「というとやっぱり……？」

「初めから約束があったかもしれんな。掏摸がばれたら、一、二発殴ってみせ、その場をやり過ごすとか」

「でも、偽物見せて木戸銭取ったりして、いけない人だね」

「ふむ、そりゃいけねえよ」

「これからどうなるの？　罰せられて、鞭打ちとか島流しとかになるの？」

「さあ、そこまでいくかな」

とかれは首をひねった。

「まあ、罰金ぐらいがいいとこだろう。よくあんなに上手に作ったもんだと驚き呆れて、腹も立たんじゃないか」

その答えに、お菜は少し失望した。

もっと一緒に怒ってくれる人かと思ったのに、立腹するどころか笑って感心さえしているところが、お菜にはよく分からない。

ちなみにその後、あの見世物小屋はどうなったか。少なくとも罰せられたという話は聞こえてこなかった。

「あのラクダは真物じゃないらしい」

という風評が流れ、それが瓦版でも取り上げられて、噂がしばし江戸中を飛び交った。

すると〝よく出来た偽物〟と書かれた瓦版を読んで、逆にその偽物が見たいと言い出す者が現れ、また押すな押すなの客で小屋は賑わったらしい。

さすがに日延べはしなかったものの、客足は減りもせず、あと三十日だった興行を無事に終えたというのだから、世の中分からないものである。

この夕方、講武所まで辿りつくと、徳蔵がいつもより早く店終いして、迎えに来てくれていた。

鉄太郎と別れ、まだ子ども達が唄い遊んでいる暮色濃い道を辿りながら、徳蔵はお菜に問うた。

「どうだった、お菜、ラクダは面白かったかい？」

「うん、すごく面白かった。あんな変わった動物、今まで見たことないよ」

とお菜が笑顔で答えると、徳蔵は満足げに頷いた。

その答に嘘はなかった。

怖い思いはしたものの、年がら年中、総菜売りとお運びばかりに忙しいお菜には、世の中って何と広いのだろう……と思えたのが面白かったのだ。

自分のように偽ラクダで喜ぶ者がいると思えば、偽物のコブを上手に拵えたと感心する人もいる。これで興行しようと企んだ人、コブを丹精こめて作った人もまたいるのだった。

だが徳蔵をがっかりさせたくなくて、今は、偽ラクダの話はしなかった。

「……ラクダは何の夢を見てるか、分かったかな」

と徳蔵に訊かれ、

「うーん、野菜を食べて腹一杯だもの、砂漠を走る夢を見てたんじゃない」

などとお菜は他愛なく答える。

いつの間にか月が上り、ところどころ桜が闇を白く染めて咲く夜道を、ほんのり照らしている。美しい木の下では、徳蔵は溜息まじりにしばし佇んで、梢の上の方まで眺めていた。

父娘は喋りながら、小石川までゆっくり歩いて帰った。

注
『武江《ぶこう》年表』には、〝文久二年一月、江戸両国西詰にて、駱駝見世物、ただし偽物〟と記されている。

第三話　地図にない店

一

「ごめん……」

と、暖簾を割って中をのぞく男の声がした。

朝から音もなく小糠雨《こぬかあめ》が降り続いている。店の戸を開け放てば湿気が入ってくるし、閉めると温気《うんき》が籠って蒸し暑い。

梅雨は、一年中で最も過ごしにくい季節だが、紫陽花が最も美しく咲き誇るのもこの季節である。

入ってきたのは、二十二、三の見馴れぬ武士だった。

「いらっしゃい」

徳蔵が切り板（まな板）の向こうから声をかける。

「亭主、外の紫陽花が見事だな。あんまり見事なんで、つい入ってきてしもうた」

武士は、被っていた平笠を脱ぎ、軽く振って雫《しずく》を払って言った。

お菜は自分が褒められたように嬉しくなり、総菜の売り窓から、濡れそぼる紫陽花の茂みを眺めた。

この崖下の空き地や道端を、紫から藍色までの花が濃く淡く、色とりどりに、夢見るように埋め尽くしているのだった。

「あじさい亭とは、味菜亭とも、味最低とも読めるな」

「へえ？　そんなもんですか。わしはただ平仮名にしただけですがね」

武士の口調にはどこかの地方の訛《なま》りが混じっているが、徳蔵には分からない。

武士は、客が一人いるだけのガランとした店内を眺め回した。

その先客は隣に住む竹田一州斎で、遅い昼飯がわりに、今日も味噌で火酒を呑んでいる。

「なるほど、時に〝どぜう〟の看板が出ておるが、見たところ〝どぜう屋〟でもなさそうだ……」

とかれは、手拭いで額の汗を拭いながら言う。

芥子木綿《からしもめん》の着物に、紺の野袴、茶色の麻の袖無し羽織。そんなごく気軽ないでたちと、その着物のくたびれ具合からして、地方の下級武士と見える。

だがひょろりとしてどこか蒲柳《ほりゅう》の質らしく、目は細くて切れ長、鼻筋が通っている。少々にやけているが、そのご面相は、好男子と言えそうだった。

「しかし、この店は地図に載っておらんのだねえ」

とかれは、懐から折り畳んだ地図をゴソゴソと出して言った。

「あの、お武家様」

と徳蔵が苦笑しつつ言った。

「うちはその……」

「はいはい、味より、安さが自慢の店ってわけで……？　ははは、それは何より有り難い話だがな」

「いえ、うちは、ただのしがねえ煮売屋なんでして。地図なんかにゃとてもお取り上げ頂けませんわ」

「煮売屋……？」

「下々が、今日のお菜を買いに来る総菜屋でさ。陽のあるうちは酒も出しますがね。まあ、とてもお武家様のお口に合う店じゃねえんでして」

「ああ、なに、下々……？　そげなこと気にせんでよか」

とかれは慌てたように地図をまた懐にしまい込み、訛りを丸出しにして手を振った。

「それがし、この春に勤番で江戸に参った者でね。あれこれ食べ歩いておるんだが、何も食通ってわけじゃない。何といっても下々の店の方がうまか……」

「はあ、それはどうも」

と徳蔵は肩をすくめ、一州斎と目を見合わせた。

こんな若い勤番侍がたまに間違えて、この場違いな店にも迷い込むことがあるのだった。

〝勤番侍〟とは、藩命で国元を出て来て、江戸藩邸のお長屋に暮らす単身赴任の侍のこと。たいていは一年半から二年くらいで交替し、国に戻される。

江戸の町には、全国の各藩の藩邸が置かれているため、このような侍が溢れていた。

藩邸で暮らすかれらは、普段は自炊して、節約している。

だが江戸ならではの賑やかな歓楽街や吉原《よしわら》遊郭には関心が高く、休みには連れ立って繰り出して行き、妓楼や飲食店では財布の紐をゆるめた。

江戸はこうした単身赴任族の、思い切った消費散財のおかげで潤うところ大なのだった。

ところが江戸っ子とは皮肉なもので、そうした赴任族にありがちなイモ侍ぶりを面白がり、揶揄《からか》ってみせる風潮があった。

例えば〝浅葱裏《あさぎうら》〟などという言葉が、その一つだ。

浅葱色とは薄い藍色のことで、以前江戸に流行し、いつか廃《すた》れていった色だった。

それをいつまでも流行色と思い込み、羽織裏などに使って粋がる侍が多かったらしい。

そんな無粋を笑う隠語が、この言葉である。

江戸には、そうした意地悪な目があるとは想像もしないのか、この侍はいかにも呑気で、屈託がない。

「おっと申し遅れたが、それがしは田宮右馬助《たみやうまのすけ》と申す者、筑前《ちくぜん》の産です」

と頭を軽く下げた。

「それより亭主、侍といえど客は客だ、追い返すわけじゃなかろうな？」

「そりゃもう、お客様あっての商売……」

「そうこなくちゃね」

とかれは屈託なく笑う。

「ならば、そろそろ一杯頂きたいもんだ。うん、冷たいやつぼくれよ。少し歩いたんで、喉が渇いてしもうた。さて総菜だが……ふむ、なるほど、ここはどう見ても総菜屋だな」

と棚に並んだ総菜の皿を見て、感心したように言った。

「どれも美味そうだねえ。やや、この叩きゴボウ、こってりして色つやがいい。これと穴子の甘煮ばもらおうか……。あ、天ぷらは一つ五厘《りん》か、じゃ茄子と薩摩芋ば一つずつ。それと豆腐の味噌田楽をもらおうか。豆腐が好きでねえ。まずはそのくらいで……」

「へい」

徳蔵は煩《うるさ》そうな客と見たか、裏の冷暗所に置いてある冷たい酒を、わざわざ取りに行くほど気を遣った。小売り窓で総菜を売っているお菜は、すぐに総菜を皿に取り分ける。

目の前に茶碗酒が置かれると、田宮右馬助はそれを手にして、グビグビと音をたてて一気に呑んだ。

「下々の酒はうまか……!」

とその時そう言ったのは、右馬助ではない。

立ち上がって店を出ようとしている一州斎が、その口調を真似て皮肉を言ったのである。右馬助は驚いたように、かれを見た。

「右馬助さんとやら、あんた、口に気ィつけるんだね。女難の相が出ておるよ」

と言うや、一州斎はさっさと出て行った。

啞然として見送った右馬助は、言った。

「……今のは何です？」

「チクデンといって、この近くに住む人相見でさァ。よく当たると評判ですわ」

「ははあ」

右馬助は茶碗をトンと置いて、その言葉に大真面目に頷いた。

「それがし、暇さえあれば、地図と案内本を片手に、江戸市中ば歩き回っておるが、もてたためしがない。女難でもいいから、もててみたいもんよ」

言いつつ再び、懐から一枚の地図と一冊の冊子を出して、丁寧に広げながら徳蔵に見せた。

「ああ、これは……」

それは江戸の切絵図《きりえず》である。

最近こうした切絵図を片手に、江戸市中をせっせと探索して歩く見物人《おのぼりさん》が増えていると聞いていた。

昔は江戸の町は一枚の大絵図で示されていたが、今は区域ごとに切絵となり、ずいぶん細分化されている。

冊子は『江戸買物独案内』という、江戸の案内本である。

その第三巻が、飲食店の案内になっていて、例えば〝日本橋の美味いもの店案内〟の項目を見ると、大路小路、路地裏にいたるまでの料亭、茶店、居酒屋などの名が載っているのだ。

その店には紹介文がついており、これ一冊で、日本橋の飲食店がたちどころにわかる仕組みだった。

「ほう、こりゃァ便利なこって」

徳蔵は、初めて見る切絵図と案内本に驚いて言った。

「ところがどうも、そうでもない」

「というと?」

「当たり外れがあるというか……実はそれがし、今日は小石川の切絵図ば見ながら、伝通院の辺りをくまなく見て歩いたんだがな。ま、地図はいいとして」

と案内本を手に取った。

「その後、この本に有名店と書かれている寺近くの鰻屋に入った。が、おすすめの鰻飯(うな重)を肴に、酒二合を呑んだんだが、これが、ひどいの何のって……」

「へえ、どうだったんで」

「カチカチに身が固くてね。それがし、煮干しば注文した覚えはないぞ、と言いたかった。江戸のウナギは、素焼《しろやき》にしてから蒸すんで柔らかいはずだろう。こげん固くなるんは、珍しいんじゃないか？」

「あ、いや、そりゃあ、珍しくもねえですよ。屋台なんか、ほとんどその煮干《にぼ》ウナじゃないかね。ちなみに、そのお代は？」

「それが亭主、驚くな。二百文（三千三百円）だった」

「ひえっ、こりゃ驚きました！」

「とんでもない店に入ってしもうたと、ほうほうの体《てい》で逃げ出した……。口直しにどこかマシな店はないかと、大通りば歩いてきたんやが、不案内でどうもよう分からん。さんざん迷いながら辿りついたのが、このあじさい亭ってわけで。あの紫陽花に、まんまと呼び込まれたね」

（よく喋るお侍さんだ）

叩きゴボウに、穴子の甘煮……と、総菜を皿に取り分けながら、お菜は思った。

（鉄おじさんだったら、一言も喋らずに帰る日もあるのに）

と、両手に持った箸で剣劇ごっこをしては呑むばかりの鉄太郎を思い浮かべ、一人笑いながら、右馬助の前に皿を運ぶ。

かれは、待ってましたとばかり穴子を平らげ、

「うまか！」

と口をもぐもぐさせて叫んだ。

「それがしが探しておったんは、こんな店だね。美味くて、安くて、気が張らない……。地図にないこんな下々こそ、江戸を支えておるんじゃないか……」

二

「なんじゃい、ありゃ」

注文した総菜をペロリと平らげて右馬助が帰ると、いつの間にか隅に座っていた鉄太郎が言った。

かれは少し前に店に現れて、話を聞いていたのである。

雨が上がったようで、ジジジ……と蟬が鳴き始めていた。

「や、これは旦那、失礼しました。あの長台詞《せりふ》に、ついつり込まれちまって、まったくどうも……。最近は、あんな聞いたふうな口をきく半可通《はんかつう》が多くなって」

「なかなかの食通らしいじゃねえか」

「へえ、筑紫《つくし》の国から来た勤番侍だそうで」

「ほほう、筑紫の食通か」

「お父っつあん、あのお侍さん、筑前と言ってたけど」

おそるおそるお菜が言うと、

「へ、筑前も筑紫も同じようなもんでえ。黙って聞いてやりゃ、調子に乗って……。最初《はな》っから帰ってもらいたかったが、これがどうして、なかなか隙を見せんのよ」

と徳蔵は顔を皺くちゃにして笑い、同情を求めるように鉄太郎を見た。

「勤番侍とはいえ、客は客だ、追い返すわけにもいかんだろう」

と鉄太郎が、知らずして右馬助と同じようなセリフを言ったので、徳蔵はいっそう笑いに噎《む》せた。

「へえ、その通りでさ、ついムカッときましたが、客は客……」

と言いかけたところへ、誰かが暖簾を割って顔を出した。鉄太郎がいるのを確認すると、その男はずかずかと入ってきた。

高橋家の従僕兵次郎《へいじろう》である。山岡家の用もたまに頼まれるが、嫌がりもせず、よくこなしている。

図体の大きなかれが、かがみ込むようにして鉄太郎の耳に何か囁いた。鉄太郎は頷いて、ギョロリとした目をしばし宙に止めている。

立ち上がると、徳蔵に目配せして、静かに店を出て行った。その大きな後ろ姿を、お菜は見送った。

ある予感が閃いていた。

もしかしてまた清河八郎か、と。

その人は、すでに一年以上も幕府の追捕を逃れ続け、消息は未だに伝わってこない。そろそろ現れる頃ではないか……。

鉄太郎の反応から、そんなことを考えたのだ。

その日は、夜になっても蟬が鳴いていた。

勝手口の戸をしのびやかに叩く音がしたのは、五つ（八時）の鐘を聞いて少したつ時分だった。

この夜更けの客が誰か、お菜は予想がつくような気がした。

「お父っつあん……」

むし暑いため、隣の茶の間との仕切りの襖を開け放っている。徳蔵はそちらに床《とこ》をのべているが、まだ粗末な木箱を机代わりに、帳簿をつけていた。
奥の四畳半で眠れずに、パタリパタリと団扇《うちわ》を使っていたお菜は、隣室に向かって
そっと声をかけた。
徳蔵が立ち上がり、蚊遣《かや》り火《び》の匂いが動いた。
「お前は寝ておれ、何があっても出て来るな」
徳蔵もすでに見当がついているのか、低く、父親らしい厳しい口調できっぱりと言
う。
すぐに行灯の火を吹き消し、土間に下りて壁に掛けてある手燭の一つを取ると、勝
手口に向かった。
それからはほとんど物音もたてずに、誰かが静かに勝手口から店に入ったようだ。
ぼそぼそと喋る声がする。お菜は真っ暗な中を、四畳半から茶の間まで這い出して、
耳をすました。
おそらく鉄太郎と、忍びやかながら張りのある清河八郎の声……それにもう一人誰
かがいるようだ。
やっぱり清河が、今日、江戸に戻ったのだ。
徳蔵が酒の支度をする食器の触れ合う微かな音がし、犬の遠吠えが聞こえている。

「……獄中には五名がぶじでいる。池田徳太郎《いけだとくたろう》、石坂周造《いしざかしゅうぞう》、弟御の斎藤熊三郎《さいとうくまさぶろう》、広《こう》福寺《ふくじ》の和尚章意《しょうい》……そしてお蓮さんだ……」

と、とぎれとぎれに聞こえる声は鉄太郎だろう。

「牢屋敷の同心に手蔓ができ……、差し入れが……」

「それはすまない……、で他の連中は？」

と問う清河の声に、鉄太郎が答える。

「北有馬《きたありま》、笠井《かさい》、西川《にしかわ》……この三人は去年のうちに牢死し……」

と清河は反復し、絶句した。

静寂の中に、蟬の鳴き声が流れていた。

「……もう少しの辛抱です」

ややあって鉄太郎が励ました。

「われわれは、松平《まつだいら》春嶽《しゅんがく》様に、大赦を何度も建白《けんぱく》しており……それが聞き入れられそうな気運が……」

ひそひそ声はさらに低くなり、お菜は床に戻った。

あちこち閉めきっているせいか、蚊遣り火の煙が土間から流れて来て、その匂いに噎せそうに感じられた。

だがそれもいつしか気にならなくなり、ぼそぼそした話し声も遠のいて、夜鳴く蟬の声をお供に深い眠りに落ちた。

三

そんな六月末の暑い午後、お菜は配達を頼まれ、御簞笥町《おたんすまち》の乾物問屋まで総菜を届けた。

冬はあんなに早く日が暮れるのに、夏のお日様は何て足が遅いのだろう、とお菜は思う。中天からなかなか動かないため、道に日陰が少ない。

着物の襟が汗に濡れて、気持ち悪かった。

今日は行水《ぎょうずい》を浴びようなどと思いつつ、ジージーという蟬しぐれの中、空になったおか持ちを下げて店に帰りついた。

店にはあの勤番侍の、田宮右馬助がいた。

あれからというもの、右馬助はしばしばあじさい亭に顔を出すようになっている。

かれの詰める筑前福岡《ふくおか》藩の藩邸は霞ヶ関《かすみがせき》にあり、小石川へは御城を大きく迂回して、この暑さの中をてくてく坂を登ってくる。

店で食べて呑み、さらに買って帰るのである。

「いらっしゃい」

と言いかけて、お菜はハッとした。

もう一人、客がいる。

いや、客ではない。

酒樽に腰を下しているのは、五十少し前くらいに見える、きちんとした身なりの商人ふうの男である。小柄だが腹は出ており、顔も大きく、目も鼻もでかい。煙管からふうっと煙を吐き出しながら、チラと横目でお菜を見た。

昨日も来た人なので、お菜は軽く会釈した。

かれは隣町に住む、長五郎《ちょうごろう》という差配人である。地主から託された貸家を管理する仕事だから、大家《おおや》とも呼ばれる。この差配人は、昨日も今日も、自分の店子《たなこ》に頼まれてやって来た。

建具問屋『井戸屋《いどや》』の若旦那が、あじさい亭で一杯呑んで帰ったあと、具合が悪くなって寝込んでしまったというのだ。

下痢、嘔吐、発熱、しびれ……などの激しい症状から、すぐに医者を呼んで診てもらったところ、どうも食中毒らしい。

本人の心当たりからして、あじさい亭で食べた〝シメサバ〟と考えられ、この時節、それが原因だろうと医者も認めた。

そんな物を出したあじさい亭に、すぐにも怒鳴り込みたいところだが、当の若旦那は三日たっても起き上がれない。

当節、食中《あた》りなど、死者でも出ない限りはどこに訴えても相手にされなかった。しかし中《あた》った方は寝込んでしまい、仕事はできない薬代はかかるで、大いに損害を被った。

そこで差配人の長五郎に、損害賠償の交渉を託したのだ。

ところが昨日、ことの詳細を聞いた徳蔵は烈火のごとく怒って、

「言いがかりだ、事実無根も甚だしい！」

と即座にはねつけた。お菜の知る限り、これほど怒った徳蔵を見たのは初めてだった。

「井戸屋の若旦那は大事なお客だし、三日前にここでシメサバを食べたのは確かだ。だが食材はごく新鮮で、中毒を起こすような代物《しろもの》とはわけが違う。原因は他にあるに違いねえ」

と突っぱねたのだ。

その剣幕に圧《お》され、長五郎はいったん帰った。

だがさらに詳しく調べてみて、この店以外に考えられないことを確認し、再び乗り込んで来たのだった。

「……若旦那は、まったくひでえ目に遭ったですよ。まあ、幸い何とか一命は取りとめましたがね。差配人として、黙って見ちゃ居られませんや」

と長五郎は煙管をポンとはたき、気まずい沈黙を破った。

「ここは誠意を見せて頂かないことには……。こうした話は、放っておくと後が厄介でね。大旦那さんは建具職人の棟梁で、名も通っていなさる。若旦那も腕のいい大工で、その下には生きのいい若衆が何人もいます。今日も若い衆が一緒に来るというのを、何とか止めたくらいでね」

かれはまた火をつけて、吸い込んだ。

「あたしも無理は言いたかないが、このおかげで、当人は五日やそこら仕事を休まなくちゃならん。井戸屋さんにとっちゃ、死活問題ですよ。医者代くらい面倒みてしかるべきところ……」

「差配さん、あまり日のたたねえうちに、他所《よそ》をあたってみた方がいい。井戸屋さんも災難だったが、シメサバばかり目の仇にするのは見当違いてェもんだ」

徳蔵は遮るように言い、包丁を取って野菜を切り始める。

「店を閉めることになってもいいのかね、おやじさん。一晩たって、反省の弁が聞けるかと思ったんだが……。当の総菜屋から一言の謝罪もねえとなると厄介だ」

「昨日も言った通り、何人かが同じ症状を訴えねえ限り、食中りとは言わねえんだ。あの日は十食くれえシメサバを出したが、誰一人、中《あた》った客なんかいなかった。心当たりもねえのに、何を反省するんだね」

と徳蔵は、顔も上げずに言い続ける。

「一つ言っておくがね、そのサバは、魚河岸《うおがし》から直《ちょく》でやって来る棒手振《ぼてふ》りから仕入れたもんなんだ。八《はっ》つあんといってな、わしが総菜を売り歩いておった頃からの付き合いよ。この店を始めてから、八っつあんの魚を二十年使ってきた。その間、一度たりとも揉めた試しはねえ。今朝も来たんでね、よく確かめた。サバは江戸前でね、湾のど真ん中で上がったもんだ。それを早朝に仕入れて、すぐ持って来たと……」

ああ、とお菜は、思い出した。徳蔵は今朝、まだ朝もや漂う中で初老の八っつあんと長く話し込んでいたっけ。

「そりゃあんた」

と長五郎は鼻先で笑った。

「誰だって、古い魚とは言わんでしょう。いや、仮に魚の生きが良くたって、この梅雨の季節だ。包丁人の扱い一つで、あるいは腐ることがないとも言えんだろうし……」

「誰に言ってるだかね。わしが包丁で、何年食ってると思ってるだかね。サバが新鮮で、酢が新しけりゃ、暑い寒いなんぞ全く関係ねえんだよ。まして朝の涼しいうちにしめりゃ、問題の起こる余地がねえさ」

「しかし、この店から食中りが出たのは、紛《まぎ》れもない事実ですぜ」

「おたくさん、〝この店から〟たァどういう意味だ。どうしてそう言いきれる？　わしだってお客のことは言いたかねえが、若旦那の体調に問題があったかもしれんだろうが。その辺りを、どうやって証明するだね？」

「若旦那は、問題はなかったと言っていなさる」

そこへ客が二人、前後して入って来た。

近くの酒屋の手代喜助《きすけ》と、米問屋の新吉《しんきち》で、二人ともこの店の常連である。

徳蔵は、この二人に酒を出しながら言った。

「うちはお客あっての商売なんでね、いい加減にしてもらいてえ。これ以上居直られちゃ迷惑だ」

「いや、そうはいかんですよ。あたしも責任ある身でしてね。むしろお客さんにも聞いてもらって、どちらが正しいか、ご意見を伺いたいもんだ」

　と長五郎は、先ほどから奥に座って聞いている右馬助に、声をかけた。

「ほれ、ちょうどここにお侍さんがいなさる。どう思いますか、四日前のことだが、この店で食べたシメサバで、死にかかった者がおるんですよ。あたしは差配人で、それがうちの店子です、建具問屋を親子二代でやっている、信用できるお人だ。ところがここの亭主は、サバの食中りを認めないんですよ」

「あっ、それ四日前のことか？」

　と右馬助は、頓狂な声を上げた。

「何だ、初めて気がついたよ。四日前ならそれがしもここに来て、シメサバ食ってるんでね」

　とかれは人なつこい笑みを浮かべ、懐をまさぐった。

「それがしは、食べたものば何でも書き留めるくせがあってね。食日記というやつだが、ほれ、これですよ」

言いながら薄い帳面を取り出し、パラパラとめくった。

「ええと、……うん、やっぱりこの店でシメサバば食っておる。ほれ、あじさい亭にてシメサバ、ドジョウの丸煮、豆腐の味噌田楽を食す、美味なり……」

かれは立ち上がって、長五郎のそばに寄ってきた。帳面を見せようとしたのだが、長五郎は迷惑そうに手を振って押し返す。

「お侍さんの言いなさることだ、疑っちゃいませんよ」

「しかし、それがしは、腹下しなんかしなかったぞ。実に江戸前のサバはうまかった。シメサバが生だからといって、いちがいに原因とは……」

「はあはあ」

長五郎は形勢不利と見てか、途中で遮った。

「そりゃ、それぞれ体調もありましょう。同じ物を食べても、中らないお人だっておるですよ」

四

「なるほどね。ただ、せっかく意見を訊かれたんで、一つ言わしてもらおうか」

と右馬助は、そばの酒樽に腰を下して言った。

「さっきから聞いてる限り、いま一つ大事なことが抜けてるように思う。井戸屋の若旦那はその日、朝から何ば食ったんかね。あじさい亭に来る前と、ここを出たあとに、どこぞの店に寄って何か食べなかったんか」

「ああ、それそれ」

と長五郎は我が意を得たりとばかり頷いた。

「この亭主が、あまりに頑固に言い張るんで、つい申し遅れましたが……」

「言い張ってるのはそっちだろうが」

と徳蔵はなお怒りが収まらない。

「わしが、そんなケチな脅しに驚くと思うな。そんな話でうちの評判を落とされちゃ、気色《きしょく》が悪い。地図にも載らん小店だからと、舐めるんじゃねえよ」

「おや、その言い草、聞き捨てならんですね。舐めるとか、脅しとか、そういう物騒なことじゃないでしょう」

「まあまあ、喧嘩はあとだ。差配人とやら、言うべきことをすっかり言ってみてくれ」

と右馬助がせき立てる。

「いや、うちの店子が、この店の総菜に中《あた》った……というのが話の筋ですからね、あたしは差配人として交渉のために来ただけで」

と長五郎はぶつぶつ言い、懐から紙を一枚取り出して、そばの右馬助に渡した。

「はばかりながら、あたしだってド素人じゃないんだ、ここに来る以上は、あの日、若旦那の口に入った物ぐらいちゃんと調べてきましたよ」

そこには、その日、若旦那が食べた物が列挙されている。

明六つ（六時）頃　茶粥、茄子の浅漬け、麦茶（自宅）
朝四つ（十時）頃　煎餅、マクワ瓜二切れ　麦茶（得意先）
九つ（正午）頃　炊きたて飯三杯、茄子の味噌汁二杯、アジの干物一枚、たくあん、麦茶（自宅）
七つ（四時）頃　人参と小芋の甘煮、ゼンマイのキンピラ、枝豆、豆腐の味噌田楽、シメサバ五切れ、酒三合（あじさい亭）
六つ半（七時）頃　ざる蕎麦一枚　薬味（ネギとゴマ）、香の物（胡瓜と茄子の浅漬け）、麦茶、だし巻き卵（蕎麦屋「鈴懸《すずかけ》」）

「……なるほど」

　それをじっと眺んで、右馬助は頷いた。

「この味噌田楽、それがしも食べて何ともなかったんで、まあいいとしよう。このアジの干物は大丈夫かな」

「それは家族みなで……大旦那も含めて七人ですか、焼いて食したそうですが、具合が悪くなった者はいないとのこと……。大旦那はそうしたことにうるさい、癇性《かんしょう》のお人でね」

「ふむ、では〝鈴懸〟の蕎麦と、だし巻き卵はどうだろう」

「ああ、あの店は、開いてまだ二年くらいの新しい店ですからね。若い連中に人気で……あ、いや、あたしゃ若くないですが、たまに入りますよ。いつもよく流行《はや》ってて客の回転が早いし、第一清潔ですね……」

とかれは店内をじろりと見回し、腕に止まった蚊を、ピシャリと叩きながら言った。

　お菜もその店を知っていた。

　それこそ切絵図にも買物案内書にも載っている、人気の店だった。評判を聞いた徳蔵が、一度、連れて行ってくれたことがあるのだ。

　あんな店が、古い蕎麦や卵料理を出すなどとは考えられない。

「しかし、差配人、どうやらあんたは井戸屋と鈴懸には、足を運んでおらんようだね」

「へえ、食べた物を書き出してみた限り、そんな必要もないと思ったもんで」

「ふーん」

右馬助は何か考えるふうに、蚊遣り火を焚いているお菜に視線を遊ばせ、また差配人を見やって言った。

「差配人、食中りは必ずしも、その日食べたものが原因とばかりは限るまい。反応が遅くて、一日二日たって出る物だってあろう。牡蠣《かき》なんぞ、物によっちゃ三日くらい潜伏することもあるって話だ。ものは相談だがね、その若旦那ばもう一度訪ねて、前日食べた物も書き出してみてはどうだろう」

そう言ったものの、手がかりがあるとも思っていない。結論を先伸ばしするための、苦肉の策だ。

「そりゃ構わんですが」

と長五郎は煙管をはたいて、言った。

「それで何とかなりますかね」

「さあ、それは分からんさ。しかし事ば解決するには、徹底して調べんことには

「……」

「へえ、ま、それは当たり前ってもんですな。ただ、わしに言わせて貰えば、ここの亭主に、真実をそのまま認めてもらうことが一番ですわ」

顔色を変えて切り板の向こうから出て来ようとする徳蔵を、右馬助が抑えた。

「ま、そうなりゃ、あたしも悪いようにはしませんがね」

と長五郎は捨てゼリフを吐いて立ち上がり、明日この時間にまた来ると言い残して、出て行った。

蚊遣り火の煙が店内にたちこめた。

「田宮様、すまんこって」

と徳蔵が頭を下げた。

「しかし、これ以上、お侍さんを巻き込むわけにゃいかねえ。明日は来ないでもらいてえ」

「来ないのは来るより簡単だが、しかし亭主、何か案があるのか」

「いや……」

徳蔵としては、何につけ半可通で江戸のしきたりを良く知らないこの勤番侍が、逆に事態をかき回し、悪い結果を招くことを恐れていたのである。

「それがしも乗りかかった舟だ。力になれることがあれば、微力ながら何かしたい」

右馬助は、日頃にやけているその顔を引き締めて言う。

「しかし、大丈夫ですかい、旦那」

それまで黙って聞いていた喜助も、頼りないと思ったものか、心配そうに口を挟んだ。

「あの差配人、なかなか手強いですぜ」

「おや、おぬし、知ってんのかい？」

「あっしはこの通り、酒屋です。あのお人が差配する長屋やお屋敷にも届けてますんでね。あじさい亭から食中りが出たって話、もう出回ってまっせ」

「えっ、本当かね」

と徳蔵が驚きの声を上げた。

「本当だともさ。今もお得意さんから訊かれたんで、心配になって、駆けつけて来たようなもんだ」

すると、米屋の新吉も加わった。

「実はあっしも、近くのお宅で訊かれたもんでね、まさか親爺っつあんが、そんなことを起こすわけがねえと」

「するてえと、あの差配人め、人を使ってあちこち広めまくってるってことかい。そうとすりゃ」

面倒だ……と喜助は口の中で呟いた。

「そうかもしれんな」

徳蔵は考え込む様子で、包丁を置いた。

「亭主、この食中りに、何か裏でもあるんかね」

右馬助が不審そうに訊ねる。

「いや、そんなこたァねえと思うが。少なくともわしはそう思いたい」

「その口ぶりからして、何かありそうだな。何か恨まれるようなことでもあったのかい？」

「いや、たぶん考え過ぎだろうと思うが、ちょいと気になることがないでもねえんでさ。まあ、古い話なんでね」

と徳蔵はこんなことを話した。

以前、この崖下一帯から下の谷にかけては、空き地が多く、ほとんどが町人地だった。近所の住人が少しずつ楽しみで耕したり、子ども達が凧揚げして駆け回る遊び場にもなったし、大人が季節ごとに弁当持参で桜や梅を楽しむ行楽地でもあったのだ。

ところがどこぞの富商が現れ、古くからの地主だと称してその空き地をどんどん開発し、家を建て始めた。

町名主が交渉に及んだが、その辺りの土地所有は曖昧《あいまい》で、家を建てる者勝ちという状態だったらしい。

地主は金をばらまいたらしく、立ち退く家も出始めて、たちまちその一帯には家が建ち並んだのだ。

そのうちこの長屋も用地買収の対象となり、大家に話が舞い込んだらしい。だがこの大家は差配人でなく、古くからの土地の地主だった。

大家は、富士山も望めるこの長閑《のどか》な一帯を愛していた。

噂を聞いた徳蔵ら長屋の連中も、手放さないよう大家に掛け合ったため、その話は流れ、立ち退きは免れたのだ。

十数年前のその時、立ち退きを強引に進める富商に雇われた差配人が、〝長五郎〟という屋号だったと徳蔵は記憶する。

「会ったことはねえんだが、それはよく覚えてるでな。その差配人が遣り手という噂だったんで、わしらも、大家にかけあったりしたんだ」

と徳蔵は思い出すように言った。

「しかし、親爺っつあん、それと食中りは何か関係あるんか」

米屋の新吉が、少し酔いの回った声で訊く。

「そりゃ大ありでぇ、新さん」

と酒屋の喜助が言った。

「仮にだぜ、こんな総菜屋で食中毒でも起こした日ゃア、客が寄りつかなくなるのは請け合いだ。それで閉店に追い込まれたなんて話は、よく聞くじゃねえか。この物騒なご時世だ、それを狙って、店を潰そうと仕掛けるやつがいねえとも限らんよ」

「まあ、まさかとは思うがね」

と徳蔵は頷いた
「考える限り、それしか思い当たらんよ」

「うーん、しかし、井戸屋の若旦那は、そんな悪い人じゃねえと思うが」

と新吉が首を傾げる。

「いや、井戸屋はぐるじゃねえよ」

徳蔵が言った。

「たぶんあの食中りは本物だろう。それを聞いた差配人が、うちに悪い評判を立てようと悪知恵を働かせた……そんなとこじゃねえのかい。うちが潰れれば、この長屋も潰れようし」

「江戸は、恐ろしか……」

と右馬助が冗談ともつかずに呟いたので、一同はシンとしてしまった。

五

(本当にそんな〝陰謀〟が進んでるのかしら)

あの因業《いんごう》そうな長五郎の顔を思い浮かべると、お菜の胸は凍りつきそうになる。それ以上に、胸が痛んだ。

ここを追われる日がくるなんて、とても想像も出来ない。

鉄太郎が来るとすれば、そろそろの時間だった。

(今日は来てくれるかしら。鉄おじさんがいたらきっと解決してくれるのに)

だがかれはこのところ姿を見せていない。

たぶんあの清河八郎のことを巡って、何かと忙しいのだろう。京から戻ってすぐ、ここで鉄太郎に密会したあと、どうやらまた北へ逃れたらしい。

鉄太郎がその手助けをしたと、密やかながら噂が伝わってくる。

かれは清河はじめ入牢中の同志たちの大赦を幕府に訴え、あれこれ動いていると噂された。

その姿が見えないまま、夕暮れ迫る谷あいの町に昏れ六つの鐘が鳴りだすと、お菜はいつも不機嫌だった。

「……雨が上がったようだよ、お父っつぁん」

と言いながら出窓を閉めて、閉店の準備をし始めると、右馬助が肩をすくめて立ち上がった。

「何としても真犯人ば突き止めたいが……どうもよう分からん。明日また出直して来る」

「田宮様、明日は来んでくだせえよ」

「まあ、天候次第やね」

かれが勘定を払って店を出ると、やがて他の二人も出て行った。

ぼんやりその後ろ姿を見送っているお菜に、

「お菜、早く軒行灯を消してきな。噂を聞きつけて、また誰か押し掛けて来ねえとも限らんからな」

と徳蔵の声が飛ぶ。

「お父っつあん、明日は大丈夫なの？」

心配そうにお菜が言った。

「なに、あんな脅しにゃ乗るもんでねえ。あまり無体《むたい》なやり方されれば、わしだって黙っちゃいねえさ。こんなこたァ、なるようにしかならねんだ」

徳蔵が心底怒れば、何をするか分からないところがある。

あの長五郎に、最後は一騎打ちでも仕掛けかねないことが、不安だった。何とかならないものかと暗い気持ちで外に出たのだが、目を上げてお菜ははっとした。

草花の匂いがむっとたちこめる雨上がりの時雨橋に、誰かが影のように佇んでいる。

薄っすらと漂う夕闇に目を凝らすと、とうに店を出たはずの右馬助だった。

「あれっ、どうしたの？」

お菜が驚きの声を上げると、かれは振り向いた。

「ああ、お菜ちゃん……」

とかれは戻ってきて言った。

「それがし、これから鈴懸まで行って、蕎麦ばちょいと手繰《たぐ》って帰るけん、案内してくれんか。帰りは送るよ」

六

雲間にのぞく細い三日月が、おぼろに滲んでいた。

鈴懸は、伝通院のそばにある洒落た蕎麦屋だった。

店の外の庭にも蚊遣り火が焚かれ、縁台で何人かが蕎麦を手繰っている。右馬助は、じろじろと辺りを探るように見回してから、中に入った。

店内は、涼しげな簾《すだれ》で幾つかに仕切られた入れ込みが、通路を挟んで向かい合っている。

そこでもすでに数人の若い客が、蕎麦を肴に酒を呑んでいた。

端っこの簾の間《ま》に上がった右馬助は、お菜と向かい合って、胡座をかいて座る。赤い前垂れの娘が持って来たお品書きを、しばしじっと睨んでから、お菜に訊いた。

「それがしはざるにするが、あんたは何にする？」

「あたしは月見蕎麦」

すると顔を上げて、次のように注文した。

「こちらには、月見蕎麦をたのむ。それがしはざる蕎麦に、ネギとゴマの薬味、それと胡瓜と茄子の浅漬けに、だし巻き卵、麦茶……」

少したって、垢抜けした三十前後の年増女がやって来て、

「お武家様、今日の浅漬けは、大根と茄子だけになりますけど、よろしゅうございますか」

とにこやかに訊いた。

その押し出しからして、この店の女将《おかみ》だろう。

白い瓜実顔に、笑みがふっくらとしていて愛嬌がある。したたるような黒髪を高く持ち上げて櫛巻きにし、深い藍色の浴衣《ゆかた》につづく真っ白な襟元を、いやが上にも際立たせていた。

「や、構わん」

と右馬助は目を細め、眩しげに相手を見た。

女が去り、やがて赤い前垂れ娘が、蕎麦の膳を二つ運んできた。

かれはまたじっとその食膳を見てから、こう訊いた。

「さっきの美人は、ここの女将かい？」

「はい、お鈴《すず》さんといえば、以前、江戸の三大茶屋娘として騒がれた人気者だったんですって。浮世絵にも描かれたそうですよ」

「へえ、そうかい……」

勤番侍のかれは、美人茶屋娘がどんなに人気があるか、あまり分かってはいないようだ。

二人は蕎麦を手繰り始めたが、日頃は饒舌な右馬助が一言も口をきかずにさっさと食べ終えた。お菜が最後の汁を啜って箸を置くと、かれは忙しげに行き交う赤い前垂れ娘を呼び止めた。

「ちょっと、そのお鈴さんばここに呼んでくれんか」

女将はすぐに飛んできた。

「お武家様、なんでございましょう?」

と不安げな面持ちで問う。

「いや、たいしたことじゃなか」

右馬助は機嫌のいい時の癖で、いつになく訛りを剝き出しにして言った。

「それがしは田舎者やけん、料理のことを少し教えてくれんね。これはなんやね?」

箸に挟んで持ち上げているのは、だし巻き卵の下に敷いてあった、緑の鮮やかな美しい葉っぱである。

「ああ、それですか、お武家様。それは紫陽花の葉っぱでございますよ」

女将は安心したようににこやかに答える。

「ほう、紫陽花の葉か。食べられるんかね？」

「あら、それは飾りでございますから、江戸じゃ食べる人はおりませんけど」

「なるほど、シソと良く似てるけん、食べられると思ったんやが。そういえば来る途中、紫陽花がよく咲いてたな」

「はい、花が咲きだす季節に限り、小さめの若葉を、飾りに使っております。季節感があって、涼しげで、きれいでしょう」

「なるほど、しかしシソと間違えて食べる者はおらんのかね」

「この辺りじゃ、そんなお人は、ほほほ……」

目に色気を湛えて笑う。

「ところが食べた者がおるようだ」

「……うちの紫陽花の葉を？」

「そう、四日前、葉っぱが残ってなかった皿に、覚えがないかね」

「四日前……？　どういうことでございますか」

次第に女将の顔から笑みが引いていく。

「四日前、ここでこの葉っぱば食べて、食中りした者がおるんだ。紫陽花の葉には毒があるけんね。ひどい腹下しと、嘔吐で……」

「食中りなんてとんでもない！」

と女将は血相を変えて遮った。

「一度も聞いたことございませんよ。大体ね、そんなもの、食べるようなお客様なんておりません。その方は江戸のお方じゃないでしょう？」

「ところが、この近所の生粋《きっすい》の江戸っ子だよ。いや、それがし、苦情ば言いに来たわけじゃなか。責めてはおらん。ただ紫陽花の葉ばお客に出したことだけ、認めてくればそれでよか」

「紫陽花の葉を、うちは食べ物として供したことはございませんよ。飾り物として添えることはあってもね。松葉や笹の葉の飾りを、食べる人がおりますか？　それを召し上がるかどうかは、お客様のご判断で……」

すでに周囲には、店の屈強そうな若い衆が二、三人集まっていて、女将の啖呵《たんか》にいちいち頷いている。

「それにね、この辺りの紫陽花は、毒があるなんて聞いたことございませんよ。そのお客さまは、別の物に中ったんじゃありませんか？　うちは関係ないことです、お引き取りください。もし、言いがかりであれば、奥で掛りの者が伺いますから！」

険悪な表情で言い放つや、そばにあった麦茶の茶碗を手に取り、やおら呑み残しの茶を右馬助の顔に浴びせかけた。

あっと叫ぶ右馬助を振り返りもせず、さっさと奥に引っ込んでしまった。

「はっはっは……」

ことの顚末《てんまつ》を聞いた鉄太郎が大笑いした。

右馬助がお菜を送ってあじさい亭に戻ると、消したはずの灯りがついていて、心配したお客が何人も詰めかけていたのである。

その中に、鉄太郎もいた。

長五郎の宣伝工作が効いたらしく、すでに近所中に噂は広まっていた。物見高い人々の間では、〝あじさい亭閉鎖か〟とまで囁かれていたのである。

「右馬助殿は、どうして鈴懸が怪しいと思ったのか？」

と鉄太郎が興味津々《しんしん》で訊いてくる。

「いや、勘ですよ、ただの勘……。あじさい亭でなければ、あそこしかないでしょう」

「しかし、勘と言っても、おれら凡人は、紫陽花の葉っぱまでは想像が及ばんがな」

「いや、実を申せばそれがし、あれば食ったことがあるんです」

と初めは戸惑っていた右馬助は、だんだんいつもの調子を取り戻してきた。

「へえ、じゃ、やっぱり中《あた》ったわけで？」

と驚いた誰かが訊く。

「そう、ずいぶん前ですがね。料理の皿に出ていた葉っぱが、シソの葉にちょいと似てるんで、むしゃむしゃ食っちまった。少したってから、吐くは、下《くだ》すは、目がぐるぐる回るは……あの時は死ぬかと思ったですよ」

今日、このあじさい亭を出て、夕闇に咲く紫陽花の茂みを見渡していた時、ふとあの時の、苦しい光景が思い浮かんだのだ。

そうだ、美しい花には、身を守る毒があるのだっけと。

「ま、怪我の功名ですよ」

とかれは、めずらしく謙虚に説明した。

「いや、さすがにおぬし、食通だな」

鉄太郎が感心したように言う。

「いや、それば言うなら、食い物の恨みってやつですね。食通なんて言われる輩《やから》は、食い意地の突っ張ってる連中ばかりだ。当てにしてた食い物にありつけないと、やけに腹がたつ。この店だって、煮干しウナギを食わされた恨みで、もっと美味い店はないかと探し歩いた。それで、ここに辿り着いたってわけでね。その執念を、仕事に役立てろと、よく言われますよ。ははは……」

「はっはっは、なるほど。執念か」

「そうです、そうです」

と右馬助はすっかり調子づいていた。

「あの毒葉ば料理の飾りに使うのは、洒落好きの小ぎれいな、新しい店しかありません。古い調理人は、紫陽花の葉に毒があるのを承知してます……。それで鈴懸に辿りついた。昔、毒葉ば食った恨みってもんでね。ああそうそう、ここに戻る途中で井戸屋に寄って、若旦那に確認しましたよ。間違いなく若旦那はあの店で、葉っぱば食ったと」

パチパチ……と拍手したのは、隣の一州斎だった。

「やあ、お見事お見事、あんたのおかげでまた当分、ここのシメサバにありつける」

それに同調して、ガヤガヤと口々に賞賛の声が上がった。

「中《あた》ったと言やァ、どうやらわしの〝女難の相〟の観相も当たったようで」

と再び一州斎が言う。

「え……？」

徳蔵の振る舞い酒を呑もうとした右馬助は、あの女将の顔を思い出した。

「ああ、あれが女難の相ですか」

と茶碗酒を一気にあおって言った。

「うん、中った、中りました、大中りだよ……」

第四話　鬼鉄敗れたり

一

「なんだ、こんな所か……」

ようやくその剣術道場に辿り着いた時、鉄太郎はいささか拍子抜けしてしまった。

不忍池《しのばずのいけ》から南へ少し下った、上野西黒門町《にしくろもんちょう》の入り組んだ路地をさんざん迷ったため、家を出た時は寒気に鳥肌だっていた肌がいつしか汗ばんでいる。

実は破風《はふ》造りの堂々たる玄関を想像して来たのだが、目の前にあるのはしごく簡素な造りの平屋で、広くはない建物も古ぼけて黒ずんでいた。

かれが修行してきた千葉周作《ちばしゅうさく》の『玄武館《げんぶかん》』はもちろん、江戸の三大道場と並び称されている桃井春蔵《もものいしゅんぞう》の『士学館《しがくかん》』、斎藤弥九郎《さいとうやくろう》の『練兵館《れんぺいかん》』などとは、その構えも大きさも、まるで比べものにならないのだった。

ただ、まだ春浅い一月初めの枯れ枯れした庭先で、形のいい太い梅の木に白い花が一、二輪、咲きほころんでいる。

それだけが、美しく新鮮だった。

(あてが外れたか)

一瞬、そんな思いが脳裏をよぎった。

だが、道場の構えがその価値を決めるわけではない、というごく当たり前の考えにすぐ立ち戻る。初めての道場を訪ねる時は、いつも、とんでもなく神経質になるものなのだ。

修行のための訪問ではいつもそうするように、鉄太郎は玄関前で深く一礼し、大きく深く息を吸い込むと、ガラリと表戸を開けて玄関に足を踏み入れ、太い声を張り上げた。

「頼もう!」

鷹匠町からこの西黒門町まで、なぜ足を運ぶことになったたか。

これまで幾つもの道場を訪ねて教えを請い、すでに名ある道場はほとんど知り尽くして、〝鬼鉄〟の勇名を天下に轟かせてきた鉄太郎である。

もしもあの〝あじさい亭〟で、一人の少年に出会わなければ、かれは終生この道場を訪ねなかったかもしれない。

昨年の晩秋の頃から、夕方になるとあじさい亭に、よくその少年の姿を見かけるようになっていた。

年の頃はお菜と同じくらいだろう。

剣道場の帰りらしく、いつも竹刀袋を携え、粗末ながらも藍木綿の袴をきちんとつけていた。

夕餉の菜にするのか、亭主の徳蔵に二、三の総菜を頼み、出来上がって渡されたものを大事そうに抱えて帰って行く。

店のお客は、酒飲みか総菜を買いに来る近所のかみさん連中だから、その姿は目立ち、〝剣術坊や〟と噂にのぼることもあった。

普段はあまり愛想のいい方ではない徳蔵がまた、この少年には何故か優しい。総菜が出来上がるのをポツンと待つ少年に、何かと声をかけてやる。

時には、注文外の品までつけてやるのを鉄太郎は見逃さず、なるほどそうか、と感心しつつ見ていたのだった。

雪のぱらつきそうな十一月のある日、鉄太郎は珍しく早めにあじさい亭に顔を出し、いつもの席に腰を据えて呑んでいた。

その時、その少年が入ってきたのである。

まだ客の立て込む時間ではなかったが、たまたま仕出しの注文が重なっていたのだろう。少年が何か注文すると、徳蔵はすまなそうに言った。

「ちょっと込み合っててな、少し待ってもらってもいいかい」

すると少年は一瞬首を傾げたが、すぐに頷いた。

「はい、いいです。お願いします」

「すまねえね。そこらに座って待っておくれ」

と鉄太郎の近くの席を勧めた。

言われた通り腰かけたものの、居心地悪そうにもじもじと首を回したり、貧乏ゆすりをしたりしている。

さほどの上背はないが、ひょろりとして長身に見える。色の白い凛々《りり》しい顔立ちで、濃い眉の下の切れ上がった目は内気そうだが、愛嬌があった。

いつもはお菜と子どもらしい会話をかわしているのだが、この日は出前を届けに行ってるのか、姿が見えない。

「おい、坊主、退屈そうだな」

鉄太郎はふと思いついて、声をかけた。

「待ってる間にひと汗かくかい？」

いきなり隣から話し掛けられて、少年はびっくりしたように鉄太郎に目を向けた。

とんでもない巨漢の上に、眉が濃く、目がぎょろついて、浅黒い怖い顔をしている。

この寒空に外套も着ず、袷のすり切れた着物一枚によれよれの袴だった。

言われた意味が分からず、変な大男に揶揄《からか》われたと思ったのだろう。目を見開いて固まってしまった少年を見て、

「おいおい、何て顔をしてる」

と鉄太郎は破顔一笑し、立ち上がった。

「何も取って食おうってんじゃねえ。稽古をつけてやるから、表に出るんだ」

有無を言わさぬ調子で、かれはさっさと外へ出る。そのあとを、少年は仕方なさそうにおずおず付いて行った。

店の前の原っぱで少年と相対すると、鉄太郎はやおらもろ肌を脱ぎ、上半身剝き出しになった。

少年には竹刀を取らせ、声を掛けた。

「さあ、どこからでもいい、打ち込んで来い」

少年は竹刀を構えたものの、竹刀を持たず素手で突っ立っている鉄太郎に当惑し、打ち込めないでいる。

「馬鹿者！」

いきなり鉄太郎の大音声が轟いた。

「何を遠慮しておるか。お前にはこれでいい、思い切り打ち込んで来るんだ」

侮辱されたと思ったか、少年の白い頬に血が上った。

キッとなって竹刀を構えるや、気合いと共に渾身の力で振り下ろしてきた。だが鉄太郎はやすやすと身をかわす。

少年は次々と繰り出してきたが、竹刀の行き先を予知するかのように、鉄太郎は右へ左へ前に後ろに変幻自在に体を移動させ、竹刀はまったくその裸の体に触れることが出来なかった。

たちまち少年の顔には汗が噴き出し、息が切れてきた。

それでもかれはムキになって、竹刀を振り続ける。

店前で、いつ果てるともなく延々と繰り広げられるこの光景を、物見高く見守る見物人がすでに数人いた。

その中には、使いから帰ってきたお菜もいた。

やがて徳蔵が暖簾から顔を出し、合図を送ってくる。

それを目の端で捉えた鉄太郎は、振り下ろされる竹刀を素手でつかみ取るや、大声を発した。

「そこまで！」

汗みどろの少年は荒い息を吐きながら、へたり込んだ。

二人はそれから中に入り、水を呑みながら初めて人間らしい言葉を交わした。

「坊主、最後までよく頑張った。腰の構えもいいし、太刀筋も素直でいい。その年でこれだけ出来れば、上々だ」

それはあながちお世辞ではなかった。

少年もそれを感じたのだろう。鬼さながらに見えた鉄太郎に、真情溢れるねぎらいの言葉をかけられ、初めてその上気した顔に白い歯がこぼれた。

「そこまで、どこの道場で腕を上げたのか？」

「はい、浅利《あさり》道場です」

即座に答えたその誇らしげな口調に、少年の師への心酔が読み取れた。

「この二年、浅利又七郎《またしちろう》先生の教えを受けています」

「ほう、浅利道場とな。してお前の名は？」

「新吉《しんきち》です」

「そうか、新吉か、おれは山岡鉄太郎だ。しっかり稽古を続けることだな」

「はい、今日は有り難うございました」

新吉は丁寧に一礼すると、徳蔵から総菜を受け取り、いつものように大事そうに抱えて店を出て行った。

二

浅利又七郎――。

先ほどの酒樽に戻って酒を呑み始めたが、少年新吉から聞いたその名が、妙に耳に残って離れない。

ここでその名を聞くとは予想しなかったから、どういう巡り合わせかと思い巡らしていると、徳蔵が詫びのしるしに、徳利を手にして挨拶にやって来た。

「旦那、ただ今はどうもすまんこって」

「いや、なんの。ああやってひと汗かくと、酒がうめえぞ。それにあの子はなかなか筋がいい、先が楽しみだ」

「ほう、そうですか」

徳蔵は嬉しそうに、顔をくしゃくしゃにした。

「あの子を知っていなさったんで？」

「ああ、よく夕方に来るんで、顔だけは知っていた。いつも総菜を買って帰るから、感心だと思ってたんだが、もしかして親が具合でも悪いのかい」

「へえ、何でも母親が寝込んでるとかで、明け六つに木戸が開くのを待って、あの子が行商に出るんだそうです」

「あんな年若い子が、何の行商か」

「アサリ売りですよ」

「ほう？」

「あの子の家はたしか……この近くの小日向《こひなた》にあるように聞いたが、元締が富坂町《とみさかちょう》におるんですよ」

深川辺りで獲れたアサリを、元締が小石川まで運んで来る。それを新吉のような子どもらに分配され、木戸が開くと同時に天秤《てんびん》棒で担いで、この丘陵地で売り歩かれるのである。

「なるほど、働く一方で剣術修行とは、なかなか健気《けなげ》なもんだ。しかしだな、父親はいないのか。いるとしたらいったい何をしておるんだ」

「それが……」

と言いよどんだところで、

「おーい、親爺っつあん、熱燗と湯豆腐……」

と客から声がかかり、徳蔵は慌てたようにぺこりと頭を下げ、徳利を置いて急いで厨房に戻って行く。

鉄太郎もまた、なみなみと酒を満たした茶碗を傾けながら、先ほどの思いに戻った。

浅利又七郎義明《よしあき》。

むろんその名を初めて聞いたわけではない。千葉周作《しゅうさく》の道場で学んで、浅利の名を知らぬ者はいないだろう。

北辰一刀流の開祖である周作は、その剣をどこで磨いたかというと、浅利道場だった。先代又七郎、すなわち義明の父親義信《よしのぶ》が、周作の恩師だったのだ。

剣の系譜は複雑に入り組んで、ややこしい。

一人の人間が自分の流儀を見いだして行くまでに、幾通りもの流儀を修行しているからだ。

又七郎義信は、小野派一刀流中西派として、若狭小浜藩《わかさおばま》の江戸屋敷で剣術指南をしていた。この中西派に入門した周作は、その道場で剣術を学んだのである。

やがて才能を認められて義信の娘婿に迎えられ、浅利道場と小浜藩師範の座を受け継ぐことになる。

ところが剣術の革新に意欲を燃やす周作は、伝統に固執する義信と対立し、妻もろとも出奔《しゅっぽん》して浅利家と断絶してしまう。

跡継ぎに去られた義信は、師家である中西派本家から、次男義明を養子に迎えた。

それが二代目又七郎であり、西黒門町の道場を継いでいた。

だがこの浅利道場は、江戸市中にある幾多の剣術道場の中で、お世辞にもときめいているとは言い難かった。

周作が革新の志を抱いて開いた『玄武館』が、門弟三千六百人を抱える人気道場となっているのに比べ、かれが足蹴《あしげ》さながらに飛び出した浅利道場は、今は閑古鳥《かんこどり》が鳴いていた。

あれ以来、浅利の名には〝時代遅れ〟の感がつきまとっていたのだ。

千葉道場で修行してきた鉄太郎もまた、そんな世間の評価に影響され、浅利道場にはついぞ目が向かなかった。

（だが、しかし……）

無言で茶碗酒を傾けながら、かれは思いに耽《ふけ》った。

剣の道を極めんと、市中のめぼしい道場は回り尽くし、今や向かうところ敵無しの鬼鉄である。だが、一度も足を運んでいない道場があったことに、今さらながら驚いていた。

しかも今日ここで出会ったあの新吉少年を見る限り、その浅利道場がただものとは思えない。

弟子を見れば、師匠のほどが分かるという。

今日、ほんのひととき少年の竹刀を受けただけで、鉄太郎の曇りない目には師匠の大きな影が見てとれた。

新吉はまだまだ未熟者にせよ、その素直な太刀筋一つをとっても、紛《まぎ》れもなく本物だった。

周囲のいい加減な風評に惑わされ、自分はひょっとして、大変な大物を見落としているのではないだろうか？

そんな疑念にとらわれて、落ち着かなかった。

（これはいかん。おれとしたことが！）

鉄太郎はそう思った。いったん思ったら、納得いくまで突き詰めなければ収まらない性分である。

かくなる上は、浅利又七郎と立ち合ってみなければならない。いや、ぜひとも立ち合いたかった。

その時を思うと、久しく忘れていた胸の高鳴りを覚える。

鉄太郎が上野西黒門町の浅利道場を訪ねたのは、それから二日後の寒い昼下がりのことだった。

三

「頼もう」

と玄関先で、大声で呼ばわった。

それを二度ほど繰り返した時、ようやく道場の奥から小走りに向かってくる足音が聞こえた。

出て来た若者を見て、鉄太郎は少しだけ驚いた。二日前に別れた、あの新吉少年だったのだ。

新吉の方はもっと驚いて、アッと言ったきり絶句してしまった。

「何という顔をしておるんだ。おれだよ。もう山岡鉄太郎を見忘れたか」

鉄太郎は笑いながら言った。

「本日は、浅利先生にお取り次ぎ願いたい」

新吉はまだ言葉が出ず、ただ小さく何度か頷いただけで奥へ走り込んだ。

ほどなく軽やかな足取りで玄関に姿を現したのは、長身痩軀《そうく》で穏やかな面相をした、四十前後に見える男だった。

「浅利です。ようこそおいでなされた」

とかれは丁重に挨拶した。

これが浅利又七郎本人か？

とすれば当年四十二歳、鉄太郎より十四年上だった。

まさか道場主が自ら出て来るとは思わなかった鉄太郎は、いささか面喰らいながらも名乗った。

「山岡鉄太郎です」

「お名前はかねがねお聞きしています。先日はまた、新吉がたいへんお世話になったそうで」

とかれは微かに笑った。

「狭いところで恐縮ですが、まずは中へ……」

先に立って道場に案内する又七郎の物腰には、武張《ぶば》ったところはみじんもない。むしろ飄々として見える。

導かれた道場は、思ったより狭かった。

間口三間、奥行き五間といったところか。

天井も低くて、いま流行《はや》りの広々した道場とは大違いだが、その隅々まで塵一つなく、丁寧に磨き込まれているのを、鉄太郎の大きな目は見逃さなかった。

床より少し高い畳敷きの師範席に案内した又七郎は、誰もいない道場を見やって言った。

「今日は私が小浜藩の屋敷に出張する日だったので、道場の稽古は休みとしたのです。ところが屋敷から戻ってくると、あの新吉が待ち構えておりましてな。せっかくだからと、軽く揉んでやっていたところでした」

かれのそんな語り口もまた、そのどこか軽やかな物腰と同様に、穏やかで飄々としている。

「ああ、休みでしたか。実は本日は、浅利先生にご指導頂きたく、失礼を省みずにまかり越したのですが……」

と鉄太郎は単刀直入に、来意を告げた。

「そうですか、結構です。お相手いたしましょう」

と又七郎はいともあっさり承知した。

すぐに新吉を呼んで支度させながら、しかと見ておけよ、などと言っている。それを見て鉄太郎も立ち上がり、持参してきた防具を手早く身につけ、袴の股立《ももだ》ちを取った。

竹刀を手にして道場の中央に進み出る時、あの新吉が隅っこに正座しており、極度に緊張した面持ちで、痛いような視線を送って来るのに気がついた。

向かい合って、静かに竹刀を構えた。

鉄太郎はその時、何故かいつにない奇妙な錯覚に襲われた。背丈も体重も自分には及ばないはずの又七郎が、急に大きくなったように思われたのである。

これまでの数えきれない立ち合いにおいて、相手が普段より小さく見えるのはしばしばのことだが、大きく見えたという経験はついぞなかった。

「ヤアッ……」

いやな予感を振り払い自らを奮《ふる》い立たせるように、かれは腹の底から声を発した。

道場を震わすような大音声が轟いたが、浅利はまったく意に介せぬように、下段の構えから、スルスルと間合いを詰めてくる。

全身がカッと熱く燃えるのを、鉄太郎は感じた。

青眼の構えから、床を蹴たてて渾身の力で打ちかかる。

浅利はしっかりこれを受け止めたから、両者の竹刀がぶつかり合って、激しい音を立てた。

さらに間髪いれずに次々打ちかかるのを、浅利は軽々と右に挫《くじ》き、左に外した。それでも怯まず暴れ馬のごとく襲いかかる鉄太郎を、浅利は蝶のように軽くいなしていくのである。

二人は横五間（約九メートル）の道場を、所狭しとばかりに目まぐるしく飛び回った。だがなかなか勝負がつかない。

どれほど勢いをつけて打ちかかっても、鉄太郎の竹刀は、浅利を捉えることが出来ないのだった。

浅利の竹刀は変幻自在に繰り出され、鉄太郎の攻撃をことごとくはね返すばかりか、一瞬の隙を恐ろしいほど的確に察知し、鋭く急所に迫ってくる。

こんな展開を、鉄太郎は予想だにしなかった。

誰にも負けない剛腕と並外れた持続力を持ってすれば、どんな相手もねじ伏せられる……。そんな豪放不羈《ふき》がかれの剣術の持ち味であり、これまで必ずそれで勝ってきたのである。

ところがいま目の前にしている相手は、これまで出会ったことのない怪物だった。外面はあくまで物柔らかながら、内にはとてつもない剛力を秘めた剣術。そんな〝外柔内剛〟が浅利の剣術の秘法と言えるのではなかろうか。それは鉄太郎と対象的だった。

力に頼ってきた自分の剣術修行は、間違っていたのか。

野獣のように猛々《たけだけ》しく竹刀を振るいながら、頭の奥で不思議なほど冷徹に己の限界を分析する自分がいた。

立ち合いから、どれほどの時間がたったのだろう。

連子窓から道場に差し込む外光はとうに翳っていて、おそらく小半日にもわたって激闘が続いていたことに気づき、我ながら愕然とした。

自分の剣術が誤りだったか否かはどうあれ、この勝負に敗けて帰るわけにはいかない。

もはや最後の力を集中して、死にもの狂いでぶち当たるだけだ。

意を決した鉄太郎は、裂帛《れっぱく》の気合いとともに竹刀を真っ向から振り下ろす。それをしっかり受け止めた浅利と、激しい鍔ぜり合いになった。

ギリギリと押し合ううち、鉄太郎は六尺二寸、二十八貫の巨体を相手にもたせかけ、右足を絡ませて浅利を押し倒したのである。

倒されながらも浅利は、片手で竹刀を振るい、鉄太郎の胴を一瞬捉えたかのように見えた。

「あっ」

正座したまま勝負を見届けた新吉が、思わず発したその叫び声が、〝勝負あり〟の合図のようになった。

鉄太郎は、荒い息を吐いて棒立ちになったまま、浅利が立ち上がるのを待った。浅利は身を起こすと、道場の中央に座って面の紐を解いた。

下から現れた顔には、会心の笑みが浮かんでいる。

「さて、今の勝負はいかがでしたか」

激しい勝負のあとだというのに、普段と少しも変わらぬ穏やかな口調だった。

それが、負けなしの鉄太郎の意地に火をつけた。

「とうとうせしめました。拙者の勝ちです」

と意気揚々と言った。

「いや、私の勝ちです」

浅利は笑いながら、余裕たっぷりに断言する。

それが負けん気の鉄太郎の小癪《こしゃく》に触った。青年の客気《かっき》にまかせて、かれは強く言い張った。

「いやいや、間違いなく拙者の勝ちです」

「いや、倒れる時に胴を打ちました。たしかに手応えがありましたよ」

「これはしたり、拙者にそんな覚えはござらんが」

二人のやりとりを聞いていた新吉が、微かに首を振るのを、鉄太郎は目の端に捉えた。

「ではどうぞ、胴をお調べください」

相手にそう促され、鉄太郎はおもむろに紐を解き、鞣革《なめしがわ》を張った胴を外してその内側を見た。

すると果たして右の方の竹が、三本ほど折れている。

鉄太郎は我ながら、顔色が変わるのが分かった。もし浅利の言が正しければ、これは神業ではないか。そんなことがあり得るだろうか。

「なーに、拙者が貧乏で、虫の食った胴を使っていたからです。これは自然に折れたんであって、外の力に寄るものではありません」

とかれはとっさに言い返した。

すると浅利は呵々大笑《かかたいしょう》し、それ以上何も言わなかった。

鉄太郎も負けじと笑い、ここで両者一礼して、この日の大一番は終了となった。

四

西黒門町から小石川鷹匠町まで帰る道すがら、鉄太郎はほとんど茫然としていた。

打ちのめされた気分だった。

負けた気がしないが、勝った気もしないのである。そもそもこの勝負が信じられなかった。

剣術の試合のあと、こんな気分になったことは一度もない。

(鼻をへし折られた天狗とはおれのことか)

目の前に浮かんでくるのは、浅利が操る竹刀の、蝶のように妖《あや》しい幻影だった。それは、小面憎《こづらにく》いほど軽やかに舞い躍り、どうしても鉄太郎には捉えることが出来ない剣だったのだ。

あじさい亭のそばまで行ったものの、とても呑む気分ではない。店の前を通り過ぎ、坂を上ってまっすぐ家の前まで辿り着いた。

だがそのまま庭へ入るのも気が進まず、足は隣の高橋家に向かったのである。

幸い、謙三郎は在宅していた。

「どうしたんだ、浮かねえ顔をして」

と顔を見るや謙三郎は言った。

「いや、兄上、今日はとんでもねえ化物《ばけもの》と出会っちまった」

「ほほう？」

かれの目に好奇心が動いた。

「他ならぬ鉄ッつあんに化物と言われるとは、どんな御仁だ」

たった今の浅利道場での一部始終を、鉄太郎はこと細かに語り始めた。だが最後の勝負判定の段になると、言葉が途切れた。

我ながら、穴があったら入りたいほど恥ずかしかったのだ。

腕組みをし、表情も変えずにじっと耳を傾けていた謙三郎は、さすがにこの最後のやりとりを聞くと笑い出した。

「虫食いとは言いも言ったり。いくら何でもそりゃァ強弁だ」

「……やっぱりそう思うか」

「鉄ッつあん、そいつは本物だぜ！」

感嘆する義兄の声につられ、頷いた。

「うん、おれもそう思う」

「浅利又七郎の名は聞いたことがあるが、まさかそれほどとは思わなかった。お前さん、運が良かった」

槍の宗家高橋謙三郎に〝本物〟と保証され、鉄太郎はやっと胸のわだかまりが晴れる思いがした。

〝本物〟を相手に歯が立たないのは、武芸者としてちっとも恥ずべきことではないからである。

それどころか、乗り越えるべき〝本物〟にやっと出会えたのだ。それは武芸者として喜ぶべき僥倖《ぎょうこう》であり、この天運に恵まれないまま迎える未来は、頗《すこぶ》る貧しいものになったところだろう。

「これで得心がいった、兄上、かたじけない」

鉄太郎は晴れ晴れした顔で席を立ち、裏の高橋道場の隅っこで、しばらく無心に竹刀を振った。

翌日の朝まだき——。

鉄太郎は凍りついた朝靄を突っ切って走り、西黒門町の浅利道場の門を叩いた。

前触れもなくとんでもない時間に玄関先に現れた鉄太郎に、浅利はびっくりした面持ちで、上がり框に突っ立っていた。

だがすぐに来訪の目的を察したのだろう。起きぬけらしい顔に笑みを見せ、まだ門人が一人も来ていない、朝稽古前のシンと冷えきった道場に導いたのである。

「先生、昨日は大変ご無礼をいたしました。山岡の敗けです。未熟者ゆえ、どうかお許しください」

道場に入るや、鉄太郎はいきなりその冷たい床に両手をついて、率直に詫びを入れた。

「あ、いやいや、お手を上げてくだされ。こちらこそ、久しぶりに骨のある相手と存分に立ち合わせてもらい、光栄でした。おかげで今朝はちと足腰が痛くてねえ」

とかれは屈託ない笑い声を上げた。

「実は拙者も同じです」

と鉄太郎も笑った。そしてすぐに威儀をただして言った。

「山岡鉄太郎、改めてお願いがございます。浅利道場への入門をお許しください」

「…………」

また床に平伏した鉄太郎を一瞬見つめたが、浅利はすぐ頷いた。

「喜んでお受けする」

すでに朝稽古にきた門弟たちが七、八人、道場の入り口にたむろし、中の様子を息を呑んで見守っている。その中には新吉もいた。

「ああ、ちょうど良かった、みんな集まってくれ」

浅利が手招きして、皆を呼び集めた。

「紹介しよう。本日からうちの門人となる、山岡鉄太郎さんだ」

〝鬼鉄〟の名を知る若者たちはざわめいて、なかなかそばへ近寄って来ない。

鉄太郎は立ち上がって、目を丸くして立ち尽くす新吉をチラと視野の隅に収め、一礼した。

怒濤《どとう》のような浅利道場通いが始まった。

この文久三年は尊王攘夷が高まりを見せ、世上が騒がしかった。

鉄太郎は講武所世話役の他に政務も増えていたが、忙しい中にも何とか時間をひねり出しては、ほとんど毎日のように道場に姿を見せた。

だが他の門人たちとは力量に差があり過ぎたから、もっぱら浅利に相手をしてもらい、激しい立ち合いを繰り広げることになる。

それは壮絶きわまりない、力と力の激突だった。

この道場に通うようになって、鉄太郎があらためて生身《なまみ》に実感したこと。それは浅利又七郎という剣術家の、底知れぬ強さである。

初めて道場を訪ねた日、ほぼ小半日にも渡って激闘をくり広げたのだが、それすら実は浅利の持てる力のほんの一部しか見せていない、ということが分かった。

あのあとに謙三郎を訪ね、半ば冗談に〝化物〟という言葉を使ったが、冗談などではなく、紛れもなく又七郎は怪物だった。

一体どういう修行を経てここまで腕を上げたのか、これだけの腕を持つ達人が、なぜ世の中にあまりその名が出ないのか。

鉄太郎にも分からないことだらけである。

謎といえば、日々の稽古も、計り知れぬ謎だった。

例えばある日の二人の勝負は、こんな具合に進んだ。

浅利が下段につけて気合をこめてじりじり迫ってくるのを、鉄太郎は青眼に構え、相手の剣先を抑えて押し返そうとする。だが浅利は動じず、ひたひたと押してくる。気合と気合のぶつかり合いがしばし続いたあと、

「突きっ」

と鋭い声を上げるや、浅利はその切先を鉄太郎の喉元にピタリと向けた。

これを嫌って右へかわせば右に付いて来る。左へ避ければ左へついてきて、まるで喉に貼り付いた蛭《ひる》のごとくに離れない。

この見えざる力が凄まじくて、一歩も進めなかった。

血路を開こうと突進の気配を見せれば、喉元へ突きつけられた浅利の切先は、さらに鋭く迫る。知らぬうちにじりじり押され、道場の羽目板まで追い込まれてしまう。

また元の場所に戻っても、再び一歩、二歩と後ずさり、まるで蟻地獄にでも堕《お》ちて行くようだった。

とうとう道場の溜まりの畳の上まで追い込まれ、ついには道場の入り口の杉の枝折《しお》り戸から、外の廊下まで追い出されてしまった。

すると浅利は、鉄太郎の鼻先でその戸をぴしゃりと閉めて、奥に入ってしまったの

である。

何たる屈辱……。

手も足も出ない。鉄太郎は進退窮して、戸の外で茫然と立ち竦むしかなかった。

五

それでも懲りたふうもなく、鉄太郎は浅利道場に通い続けた。

初めは技量が違いすぎることもあり、門弟たちはかれのことを煙たく思って、あまり近寄らなかった。

だが連日、浅利に完膚《かんぷ》なきまでにやっつけられるのを見るに及んで、さすがに同情したものか、徐々に打ち解けてきた。

特になついてきたのは新吉で、鉄太郎が声を掛けると、全身で喜びを表しながら竹刀稽古の相手をつとめた。

〝山岡さん〟とかれは鉄太郎を呼んだ。

初めは山岡先生と呼んだのだが、

「道場で〝先生〟と呼べるのは浅利先生だけだ」

と諭し、山岡さんと対等に呼ばせるようにしたのである。

ある日、新吉と帰りが一緒になったことがあり、肩を並べて歩きつつ新吉が言った。

「おれ、山岡さんくらいに強くなるには、どうしたらいいですか」

「はははは、そうだね、続けることかな」

と気軽に答えると、

「そんなこと? 続けるだけなら、誰にも出来るじゃないですか」

とがっかりしたように言う。

「いや、必ずしもそうでもねえよ。誰でも嫌になることがある。駄目な奴はそこで止めちまう。続けるやつは、どこかに見所があるからだ」

「じゃ、山岡さんはどんな見所《みどころ》があったの?」

と突っ込まれてたじたじとなった。

「うーん、何かな、負けたくなかったことかな」

「ふーん、そんな見所なんておれにもあるかなあ」

「もちろんあるさ、お前は筋がいい。稽古で相手をしてると、一日ごとに強くなっていくようだ」

鉄太郎の言葉に新吉は目を輝かせた。

「ほんと？」

「ああ、本当だとも。おれは時には嘘もつく男だが、剣術では嘘は言わん。為にならんからだ」

新吉はしばし黙って歩いていたが、急に向き直って言った。

「山岡さんは、いつになったら先生に勝てるの？」

「…………」

かれはぎょっとし、面食らった。本人にもどうにも分からないことを、こうも真っすぐに問われると返事に窮するではないか。

「道場のみんなは興味津々《しんしん》で、賭けてるやつもいる」

「ほう」

鉄太郎は剣術に関しては、嘘をつかないと言ったばかりだ。

「みんなびっくりしてるんだ。浅利先生が、あんなに本気で剣の相手をするなんて初めてだって。おれも、山岡さんとのあの初めての立ち合いを見た時は、目をこすったよ。あんな先生を見たことなんて無かったもの」

「…………」

鉄太郎は、胸の内がちょっとだけ熱くなった。

新吉の言葉の裏に、自分を励まそうという気持ちが滲むのが察せられるからである。

だが正直な話、鉄太郎はその質問には答えられそうになかった。今のところ、浅利に勝てそうな術《すべ》を見い出せない。いずれ勝つ、などといい加減な約束も出来ないではないか。

道場から帰った夜は、その日の浅利との稽古を反芻《はんすう》しながら、沈思黙考する。あれこれ新たな手を考え、何か思いつくと、勇躍翌日の稽古に試してみるのだが、結果は毎度同じだった。

千葉の技、斎藤の力、桃井の位……などと世に言われるが、浅利は一体何と言えばいいのか。

最近は、目を瞑って思いを浅利に馳せると、その面影がムクムクと巨大な仁王のごとく、眼前に立ちはだかるようにさえなっている。

その幻影が自分の上にのしかかり圧迫してきて、息も出来ないほど苦しくてならなくなるのだ。

その幻影は日に日に、巨大化していくようだ。あるいは一種の精神の病に冒されていたのかもしれない。

(何ということか)

とかれは我ながら悔しかった。

剛毅《ごうき》で鳴らしたこの鬼鉄が、一介の道場主……それも物腰の柔らかい、もの静かな男に、こうも怯えまくっているとは。

やつは鬼だ、と悔し紛《まぎ》れに思う。

自分は鬼鉄と言われて久しいが、本当の鬼は浅利の方だ……というのが本音だった。

しかしそんな情けない姿を、新吉に悟られたくはない。

「まあ、これからだな」

と鉄太郎は当たり障りなく言った。

「ただし賭けるなら、このおれに賭けるべきだ。なぜなら浅利先生にみんなが賭けちゃ、勝ってもつまらねえからよ。万一山岡が勝ったら一人占め出来る……そんな夢があってこそ賭けは面白いだろう。はっはっは……」

すると新吉は笑っていいかどうかためらいながら、低い声で言った。

「本当のこと言って、おれ、山岡さんに賭けてるんだ」

六

その日、鉄太郎が三日ぶりに浅利道場に顔を出すと、道場の空気がどこかいつもと違っていた。

防具をつけ竹刀を手にして道場を見回してみて、その理由はすぐ分かった。

いつでも誰よりも長く稽古場に陣取って、倦《う》むことなく声を張り上げ、相手を取っ替え引っ替えしながら竹刀を振り続ける稽古の虫……そんな新吉の姿が見当たらないのである。

珍しいことだと思い、そばに居合わせた朋輩《ほうばい》に訊いてみると、昨日も稽古を休んでいたという。

あの新吉が二日も続けて道場に姿を見せないなどとは、鉄太郎がここに通いだして初めてのことだ。

寝ついているという母親の具合でも悪くなったのかな、と思い巡らすうち、そういえば三日前にかれと手合わせした時も、いつもより元気がなかったのが思い出された。稽古相手に声を掛けると、いつも喜んで飛び出して来るのに、なぜか体が重そうで動きが鈍く、口数も少ない。

ひと通りの稽古をこなすと、そそくさと自分から打ち止めにしてしまったのである。その時は、早朝からの棒手振りでくたびれているのだろう、と鉄太郎はさして気にも留めなかった。

だがあれから稽古を休んでいると聞くと、いささか心配になってくる。

このところ鉄太郎は、政務に奔走していた。

公儀に追われて東北を潜行中だった清河八郎が、昨年暮れに赦免となり、江戸に戻っているのだ。その逃亡先でかれはある政策を練り、鉄太郎を介して幕府に献策したのだが、それが運よく幕閣の目に留まって動き始めていた。

仲介役として忙しいそんな鉄太郎に、久しく会っていない益満休之助《ますみつきゅうのすけ》が、慰労を口実に一献どうかと誘いをかけてきた。

清河の〝虎尾の会〟の同志だったかれは、薩摩藩の勤番侍を自称しているが、おおかた西郷配下の隠密だろうと言われている。

その益満であれば、目下進行中の清河がらみの策について探りを入れる気であろうとは、鉄太郎ならずとも察しがつく。

そう承知しつつも、かつての同志であり呑み仲間だ。積もる話で盛り上がって酒を過ごし、吉原から品川へと流れてまたも女色に耽溺《たんでき》してしまったのだ。

そんなわけであじさい亭にも最近はご無沙汰で、新吉の事情を亭主やお菜から耳にする機会もなかった。

道場主の浅利なら、何か知っているかもしれぬ。

帰りがけにでも訊いてみようと思い、稽古に入ろうとすると、何か所用があったらしく稽古場を外していた浅利が、ちょうどその姿を現した。

かれも道場から立って行ったらしく、稽古着を身につけていた。


「ああ、山岡さん」

と鉄太郎の姿を見つけるや、浅利は呼んだ。

「ちと相談があるのだが、今よろしいか」

鉄太郎が面を外して頷くと、浅利はそのまま先に立って、道場裏に幾つかある小部屋の一つに案内した。

竹刀も持たずに鉄太郎と浅利が、二人だけで座敷で向かい合うなどというのは初めてのことだった。

「実はつい今しがた目明かしが訪ねてきましてね。三次《さんじ》……とかいう者でしたが、その話が新吉のことなんですよ」

「ええっ」

鉄太郎は驚いて、大きな目をむいた。

まさか浅利の口から先に、新吉の名が飛び出すとは予想もしていなかったのだ。

「三次とやらの話では、新吉はどうやら悪い連中に引っかかったようだ」

と浅利は腕組みして言った。

それは二、三日前のことだった。

アサリ売りの元締宅に向かっていた新吉は、その途中で、顔見知りの同業の子が、素行の悪い連中にからまれている現場に出くわしてしまったという。

「地元のやくざ者ですかね」

「いや、それがどうも……」

とかれは溜め息まじりに腕を組み替えて、チラと鉄太郎に視線を向けたのだ。

「たちが悪いことに、どうやら小石川界隈の御家人旗本の倅どもらしいんですよ」

「それはまた……」

鉄太郎は内心舌打ちした。

（どいつもこいつも！）

と思った。

今や市中には浪人が溢れ、その素行の悪さにひんしゅくを買っていた。だが腐っているのはかれらだけではない、幕府の禄をはむ旗本や御家人までもが、志を失っている。特にその次男三男は悪行《あくぎょう》に走ることが多く、それでなくても嫌われ者の武士の品格を貶《おとし》めているのだ。

三次が目をつけたのは、地元でも有名な不良仲間の四人組だった。夜になると出歩く連中で、その夜も、陸尺町《ろくしゃくちょう》あたりの賭場に入り浸って、朝までいたらしい。博打で有り金すべてすった連中は、路上で誰でもいいからカモを見つけて小銭を巻き上げ、蕎麦でも食って帰ろうと、まだ明けやらぬ町を彷徨《さまよ》っていた。

折から朝もやの中に、天秤を担いで急ぐ子どもを見つけると、四人はその前に立ちはだかった。

「あるだけの金を出せ」

と脅すと、少年は驚いて首を振った。

これから商売に行くのだから、釣銭用の小銭しか持っていないのだ。それを巻き上げられては、商いが出来なくなる。

必死で財布を守る少年を、四つ、五つ年上の若者らが取り囲み、殴りつけたり蹴ったりし始めた。

そこへ同じ棒手振りの新吉が、白い息を吐きながら通りかかったのだ。かれも以前この連中にからまれ、石をぶつけて逃げたことが思い出された。

関わりたくなかったが、自分より年下の子が痛めつけられているのを見かねて、新吉は止めに入った。

するとと連中は新たに飛び込んできたカモを見て、いつかのあの小癪な子どもだと気がついた。あいつだ、今度こそやっちまえ、と口々に叫びたて新吉に殴りかかってきたのである。

アサリの桶をひっくり返そうとする者もいた。

あまりの狼藉《ろうぜき》にたまりかねた新吉は、暴力を自ら禁じているのを忘れ、思わず担いでいた天秤棒を振りかぶり、この四人を叩きのめしてしまったというのだ。

「ほう！」

鉄太郎が思わず声を上げる。

「それで話がすめばよかったんですがね」

と浅利は苦笑して話を続けた。

「その不良どもが新吉にやられたのを逆恨みし、何が何でも仕返ししようと、他のワルどもに加勢を頼んで、新吉の居場所を血眼《ちまなこ》で探していると……」

それを聞きつけた目明かし三次が、念のためアサリ売りの元締に会い、注意するよう伝えたという。

その件は先刻承知の元締は、しばらくは家に帰らず身を隠すよう、新吉に指示をしたとのことだった。

それでも三次は不安で、ひょっとしてこちらの道場に顔を出していないかと、訪ねて来たというわけだった。

「しかし道場を見て、もう気がつかれたでしょう。新吉は休んでおるのです、今日も、昨日もね」

「なるほど、そういうことでしたか。では、新吉は今、家にはいないので？」

「そこなんですよ、気がかりなのは。行方が分からないんで、私もあれこれ案じていたところでね。あの子のことだから、どこかに身を隠したとは思います。こんな不始末で道場に迷惑はかけられぬと、自分なりに算段してのことでしょう」

弟子の身を思って淡々と語る浅利には、稽古場で見せる鬼の面影はみじんもなかった。

思いがけぬ人情家の一面をのぞかせる浅利の姿に、鉄太郎は初めて、この化物のような剣術家の素顔に触れたような気がした。

何か力になりたいと思ったが、考えてみれば、かれは新吉については何も知らないのだ。

「聞いた話じゃ、あの子の母親は臥せっておるそうですが、父親はいったい何をしてる者ですか」

「ああ、新吉の父親は太吉《たきち》といって、小浜藩の江戸屋敷に出入りする腕のいい植木職人でした」

「〝でした〟とは？」

その言い方が気になって、鉄太郎は思わず問うた。

「ええ、まあ、文字通りですよ。私もあの屋敷に出入りしてましてね。お茶を頂きながら、よくこうして外を眺め、手入れのいい庭に見とれていた……。するとたまに茂みのどこかにあの男がいて、顔が合ったもんです」

とかれは、閉ざされた腰付き障子の向こうに広がる庭を見透かすように、目を遠くに遊ばせた。

稽古の合間に、こうして庭を眺めて休憩していると、そこで働く若い職人と顔が合ったということだろう。

その当時を懐かしむように浅利は口を噤《つぐ》み、障子を眺めている。その沈黙が長いので、鉄太郎もつい障子の向こうに手入れのいい庭を想像していた。

「職人らしく無口な男でしたが……」

と浅利は、問わず語りに話し始めた。

「軽い挨拶を交わすうち、ぼちぼち話もするようになってね。その太吉が、何かのきっかけである時、私が教えている道場に見学に来たのです」

それから間もない頃だった。

「折り入ってお願いがございます」

とその太吉が恐縮したように言ってきた。

かれには倅が一人いて、近所の小さな町道場で、剣術の真似ごとをしているという。親馬鹿とは思うが、自分が見るところ、倅の筋はなかなか良いように見える。

ついては先生に一度、見てもらえないか。

「……というようなことになりましてね。喜んで……と応じると、すぐに新吉を連れてやって来たんです。そう、今から二年前のことで、あの子は十歳でしたか」

早速この少年を若い門弟と立ち合わせてみると、たしかに並の筋ではない。育てようによっては、大きく開花しそうな素質が感じとれたのだ。

「そんなわけで、この道場で私が指導することになり……ごらんの通り、みるみる腕をあげたのです。それから半年後でしたかね、太吉が急死したのは……」

「急死ですか」

「朝起きてこないので様子を見にいくと、すでに事切れていたと。心の臓《しんぞう》が原因だったように聞いています。分からんもんです。なかなかの元気者で、がっちりした男でしたからね」

浅利はこの時、一つ思い当たることがあったという。

その二、三日前に、太吉が突然道場を訪ねてきて、倅の稽古ぶりをあれこれ訊ねたのだ。不審に思いつつも答えると、急に改まって、倅をよろしく頼むと頭を下げた。

「自分はただの植木職人にすぎんが、倅にはもっと広い世間に出てほしいとね。まあ、あとになって思えば、自分の体の変調を察して、私に新吉の将来を託したんじゃないかと、そんな気がしてならないんですよ。……ああ、ついよしなしごとで時間を取って、申し訳ありません」

とかれは頭を下げた。

「いやいや、分かりますよ。新吉についちゃ、私も及ばずながら力になりましょう」

と鉄太郎も頭を下げた。

「お言葉に甘えて早速ですが、山岡さんは新吉と、小石川の煮売屋で会ったそうですね」

「ああ、あじさい亭ですね」

「そこで、新吉のことを訊いてみてくれませんか」

「私も、帰りに寄ってみようと思っているところです」

「かたじけない。それとももう一つ……」

と浅利は首を傾げて言った。

「小石川にはびこる旗本のドラ息子どもに、ちとお灸をすえてくれれば有り難いんですがね。まあ、相手が相手だけに、手加減が難しいでしょうが」

「はは は、そうですなあ」

鉄太郎もまた腕を組んで、苦笑を浮かべた。

「いや、大人げないといえば言えますが、そんなことはお易い御用です。懲らしめるのは早い方がいいでしょう」

そんなやりとりのあと、鉄太郎は道場を出たのである。

庭先の梅の木が、さらに咲きほころんでいた。

七

ガラリとあじさい亭の表戸を開けると、美味《うま》そうな匂いがぷんと鼻先に漂った。

まだ昼をすぎたばかりで、厨房では徳蔵が午後の仕込みに大わらわである。

お菜も大根を洗ったり、煮上がった小芋を鍋から取り出して皿に並べたりして、忙しげに動き回っている。

だが戸が開く音で二人は鉄太郎に気がつき、一斉に声を上げた。

「おじさん！」

「いらっしゃい。今日はまた早いお越しで」

「いや、たまたま時間があいたんだ。忙しそうだな」

言いつつずかずか中に入り、手焙《てあぶ》りの置かれた小上がりにどっかり陣取った。

「いえいえ、お待ちしておったんですよ」

徳蔵が前垂れで手を拭きながら、待ち構えていたようにせかせかとそばにやって来る。

「旦那がお見えにならんと、話が片付かねえんでいけねえ」

「ははは、何だい、また……。新吉のことか」

「おや、もうご承知で？」

「いま、道場で相談されたばかりだ。それで親爺っつあんに話を訊こうと……。だが話はあとで、まずは酒だ」

「へい」

徳蔵は心得たようにすぐ引き返す。

入れ替わりにお菜が、作りたてのフキノトウの芥子和《からしあ》えを盛った小鉢と、箸と、酒茶碗を盆に載せて運んで行く。

「菜坊、少し痩せたか？」

「ううん、ちっとも」

お菜はそっけなく言いつつも、美人になったと言われたようでつい笑いが滲む。

「おじさんこそ、少し痩せたみたい」

「何しろ心労が多いからな」

その目はいつものように笑っていた。そこへ徳蔵が燗徳利を持ってやって来て、隣に腰を下ろし、茶碗に酒を満たした。

「新吉ですがね。前から自分を付け狙ってる連中に、ばったり会っちまったという。

捕まりそうになって逃げ、うちに飛び込んできたんですわ」

と話し始める。

「わしは最初、笑っちまったんですよ。お前のようなガキ相手に、誰が付け狙ったりするもんかね、カツアゲしたところでたいした金も取れめえと……。しかし話をよく聞いてみると、どうも連中は本気らしくて、血眼《ちまなこ》で身元探しをしてたらしい」

「ふむ」

「町でばったり出会ったそのクソガキども、天秤棒で殴られた傷の治療代を要求してきたそうだが、新吉の右腕一本へし折ればそれでもいいと言ったと……」

「ほう？」

「どうやら、新吉が小面憎くてたまらねえんだね。天秤棒を振り回したと言っても、たかがアサリ売りの洟垂《はなた》れ小僧だ。ところが年上の幕臣の倅四人が、束になってやられたんだから、面目丸つぶれもいいとこでさ」

「なるほど……で新吉を、どこに隠した？」

「それなんですがね、旦那、わしも世間が狭いせいか、適当な所がなかなか思いつかなくて。しかし頼られた以上は何とかしたいと、いろいろ考えたんですよ」

言いかけたところへ、またガラリと表戸が開き、凍りつきそうな北風が吹き込んできた。風と共に入ってきたのは、隣に住む一州斎である。

「ふう、寒いねえ」

と言いつつ、久しぶりに会う先客の鉄太郎に目で会釈し、酒樽の椅子に座った。

徳蔵はすぐに立って行き、黙って火酒と味噌を出す。

「ああ亭主、わしもフキノトウの芥子和えをたのむ。それと蕗《ふき》の煮物がいいね」

「へい、毎度どうも」

「そうそう、わしは今、手塚《てづか》診療所から帰ってきたんだが、良庵《りょうあん》先生から伝言がある。新吉のおっ母さんは、無事に部屋に入ェったそうだよ」

「おやそうかい、そいつは良かった」

「亭主、その新吉のおっ母さんとは……？」

鉄太郎が聞き咎めて、問うた。

「いや、旦那、ちょっと聞いてくだせえ。だから早く話したかったんだが、実はこういうことなんですよ」

と徳蔵がまた、濡れた手を拭き拭きそばにやって来て、手焙りに手をかざした。

仲間で手分けして新吉の家を探せば、そのうち知れるだろう。

連中がまだ頭に血が昇ってるうちは、しばらく身を隠しやり過ごした方がいい、と徳蔵は判断した。

適当な所はないものかとあれこれ思い巡らすうち、千川《せんかわ》の向こうの東福寺《とうふくじ》が思い浮かんだ。

それは伝通院の裏手にある〝豆腐稲荷〟の、すぐ近くにある草深い小寺だった。

寿慶《じゆけい》和尚がまだ若い時分、小石川界隈を托鉢《たくはつ》して回っていた頃からの付き合いだ。

徳蔵はお布施《ふせ》がわりに酒一杯を喜捨すると、飲んべえの和尚はそれを功徳とし、托鉢の最後にここで有り難く呑んで帰ったのだ。

今も時々現れては、四方山《よもやま》話をしていくことがある。つい最近も法事の帰りに立ち寄って、お布施の一杯をゆっくり呑んだ。

「うちの小坊主、正月に寒修行に入ると逃げ出しおった。最近の若い者は何につけ軟弱で困る」

などとその時、こぼしていたのだ。

あの寺にしばらく預かってもらい、御礼に水仕事や庭掃除をしてやれば、お互いに好都合だろう。そう思いついた徳蔵は、すぐに人をやって話をつけて来てもらったのである。

ところが新吉は、病気の母親を家に残して出て行くわけにはいない、と頑強に拒んだ。

病気はそんなに悪いのか。

薬はどこから出してもらってるか訊くと、三百坂下の、手塚診療所だという。

良庵先生なら、知らない仲ではない。

すぐにお菜を走らせて、新吉の母親の病状を正確に問い合わせてみた。

すると事情を聞いた良庵先生は、たいそう驚き、自分は少しもそんな窮状を知らなかった。考えてみればこの診療所に、小部屋が一つ空いているから使ってほしい、と言ってくれたのだ。

その小部屋は、重病人が運ばれて来た時のための予備室で、滅多《めった》に使わない。仮に使うことがあっても、使用料は発生しない。

今はそこに一時的に避難させ、その先はまた考えればいい、と大八車まで貸してくれたのだという。

母親は今日の午前、新吉が付き添って診療所に送り届け、新吉はそのまま東福寺に駆け込んだということだった。

「なるほど、裏にそんな面倒な物語があったか。さすがあじさい亭の亭主、よくまとめたもんだ」

と一州斎が感心したように拍手する。

「ときに、その豆腐地蔵ってのは、お地蔵さんが小坊主に化身して、豆腐を買いにきたとかいう言い伝えの……？」

「そうそうその通りだ。またお地蔵さんが助けてくれたんだ」

と鉄太郎も拍手に加わった。

「有り難てえこったね、お地蔵さんも味方になってくれるとは」

と徳蔵は顔をくしゃくしゃにして笑い、切り板の前に戻って包丁を取った。

「おかげであの子はこれから、寺で坊主のにわか修行ってわけだ。やれやれだ……」

「……とすれば差し当たって新吉の身に、ワルどもの手が及ぶことはないのだな」

出番がなくなっていささか拍子抜けしたものの、鉄太郎は心から安堵していた。連中を懲らしめるよう浅利から頼まれ、あっさり安請け合いしたものの、どんな手を打てばいいか、ほとんど無策の状態だったのである。

「浅利先生が、えらく案じておられたから、これから戻って報告して来ようと思う。これでみんなが枕を高くして眠れるってわけだ、めでたし、めでたし……」

八

そう言って鉄太郎が腰を浮かした時、表戸が開いて、またも冷たい外気が流れ込んで来た。

「やっ、お揃いだね」

と白い息を吐いて飛び込んできたのは、この店の常連の熊八《くまはち》という畳職人だった。かれはキョロキョロと店内を見回し、いきなり問うた。

「今日は新吉は来てねえのかい」

「どうしたんだよ、藪から棒に。今日は早えじゃねえか」

徳蔵が声をかける。

いつもは夕方近くに総菜を買いに来て、まずは一杯引っ掛け、家での女房子どもとの夕餉に合わせて帰る。

まだ日のあるうちに飛び込んで来るのは珍しかった。

「新吉に何か用でもあるのかい?」

「いや、そうじゃねえんだが、今しがたちょっと妙なことがあったんだ。この下の小日向あたりに、うちのお得意がいてね。さっきそこまで大八車を引いて畳を届けてきたんだが……。その前に親爺っつあん、まずは一杯くれや」

かれは駆けつけ一杯を呷《あお》ると、こう続けた。

「その帰りにたまたま思い出したんだ。そういえば、あの剣術坊やが、たしかこの近くに住んでたっけとね。そいでちょいと路地を覗いてみたところが……」

長屋が両側に連なるその狭い路地に、何だかガラの悪い若い連中が四、五人、うろうろしていたのである。

何をしているかと様子を見ていると、どうやら〝新吉〟という名が飛び交っている。連中は誰かれなしに住人を捉まえては、新吉のことを聞きまくっているようだった。

「それがどうにもえらい剣幕だ。幸か不幸か新吉親子は留守らしいんで、連中はいきりたってたらしい。しかし、一体どうしたってんだろうね？」

立ち上がりかけた鉄太郎は座り直し、徳蔵と目を見合わせた。

「うん、わしも今、山岡の旦那とその話をしてたところだよ。どうやら新吉は、悪いやつらに追われてるらしい」

「……だろうな。借金取りか何かが、ゴロツキ雇って押し掛けてきたんじゃねえか、と心配になってよ。帰りは店に寄らず、まっすぐここへ大八車もろとも駆け込んできたんだ」

「熊さん、よく知らせておくれだ」

と徳蔵は言った。

「ただし安心してくれ、新吉は大丈夫、安全な所におるでな」

「しかし連中、ついに、新吉の住まいまで探し当てたわけだ」

と一州斎が続けた。

「どうも厄介なガキどもだのう」

「しかし幾ら何でも、あの隠れ家までは探し出せめえよ」

と徳蔵は顔をしかめてみせる。

「おそらくな」

と鉄太郎が相づちを打つ。

「だが亭主、連中のがむしゃらな勢いからして、おっ母さんの避難先までは、辿り着く恐れがあるぞ……」

考え込みながら言い、熊八に顔を向けた。

「ところで熊さん、新吉は留守と分かって、連中はそのまま引き上げたのかい？」

「それが、とんでもねえやつらでね、旦那。いずれ坊やが帰ってくるだろうからと、鍵を壊して、部屋ン中に入ェったようだ」

「待つ気なのかい？」

　と徳蔵。

「そのようだ。酒屋はどこだと訊いていたから、たぶん徹夜で、酒を呑みながら待つ構えのようですぜ」

「ふーむ」

　かれは唸り、腕組みをした
（さて、困ったことになった）

　留守宅に陣取って夜通し酒を呑まれちゃ、長屋の住人には大いに迷惑だろう。それも一夜だけならまだしも、何日も居座って、そこを根城にでもされたらどうなるか。

　沈思黙考することしばしで、店の中は急に静かになった。

「番所に届けちゃどうかね」

「いや、大家《おおや》に申し出て、強制的に出てってもらってはどうか」

「まだ若え連中だろう、親に連絡できねえもんかね」

　皆は口々に意見を述べては、鉄太郎の同意を待ったが、眠ったように何の返答もない。

「うん……」

と急にかれが何か思いついたように顔を上げたのは、冬の陽が柔らいで、西に傾く頃である。

「菜坊、悪いがちょっとひと仕事、頼まれてくれんかね」

「はい、何でしょう？」

少し離れて立っていたお菜が、急いでそばに寄ってきた。

「いいかな、おれの言う通りにしてくれるだけでいい。何があっても、おれがついてるから怖がらなくていい」

覗き込むようなその大きな目は、笑っている。

お菜はこっくりと頷いた。

九

風は弱いが、ひどく冷たかった。

暮六つまではまだ少し間があるが、冬の陽はすでに傾き、薄闇が少しずつ界隈を覆い始めている。

小日向町は、この坂を下った所に広がる起伏の多い町である。狭い路地が何本もあって、家々が軒を寄せるようにして建ち並ぶ。お菜はこれまで新吉の長屋は知らなかったが、何度もこの町を通り抜けたことがあった。

地図で教えられた路地の角には、〝この路地抜けられません〟という札が出ている。それを横目にお菜は周囲に気を配りながら、ゆっくりと入って行った。

鉄太郎に聞かされたこれからの段取りが、繰り返し頭に浮かぶ。

（大丈夫。おじさんの言う通りにすれば、何の心配もない）

としつこく沸き上がる不安を振り払う。

奥に続く棟割《むねわり》長屋の半ば、新吉の家の前と思《おぼ》しき辺りに目を向けた。

若者が二、三人たむろしているのが見える。

お菜がゆっくり近づいて行くと、全員の視線がこちらに集中するのが分かる。その中をこわごわ戸口に近づいて行くと、尖った声が飛んできた。

「おい、娘、お前はこの家の者か？」

声を発したのは、木刀を抱えた大柄な若者である。

お菜は怯えたように首を振った。そのままそっと戸を開くと、土間の上がり框にさらに三人が腰を下ろしていた。

その中央にいる、腰に大小をさした痩せて青白い顔の若者が首領格らしい。男は立ち上がって訊いた。

「お前、誰だ、この家の者か？」

「違うよ。あんた達こそなぜここに……」

「おう、元気な娘だな。おれたちは新吉の友達だ、今日会う約束だったのに来ないんで心配して来た。お前は？」

「……着替えを持って来るよう頼まれたんだ」

お菜は小声で言う。

「頼まれたって、新吉にだろう。やつは今どこにいる？」

「…………」

「入れよ。これから新吉の所へ、それを届けに行くんだろう。暗くて見えなくならんうちに、早く中から取ってこいよ」

と三人は立ち上がり、お菜を中へ通して外に出た。

お菜は薄暗い粗末な畳の間に上がり、小さな箪笥《たんす》から着物や帯を引き出して、急いで風呂敷で包み込む。

風呂敷を抱えて戸外に出て、走るように狭い路地を抜ける。すると夕靄漂う広い通りに、六人の若者が立っていた。

「娘、夜道は怖いぞ。町にはゴロツキがいるし、町外れには野犬も出る。おれたちが守ってやるから、安心して行け」

首領格がにやにやして言った。

お菜は黙りこくって進まない。

「さあ、行くんだよ。お前はただ、新吉に風呂敷を渡せばいいだけだ。何もせんから怖がらんでいい」

「だって……」

「だってもくそもねえんだ、痛い目にあいてえか！」

さっきの大柄な男が、いきなり怒鳴り上げる。お菜は泣きそうな顔になった。

「おい、乱暴な言い方はするな」

と首領格がたしなめ、お菜の手に小銭を握らせた。

「ちゃんと案内してくれたら、もっとやるぞ。おれたちは新吉の友達だから、心配しなくていい」

お菜は頷いて小銭を懐にしまい、黙っておもむろに歩きだす。そのあとを、六人が目立たぬようについてきた。

暮れかけた道を、お菜を先頭に、棍棒や竹刀を下げた連中が、ぞろぞろと付き従っていく。道行く人は目を伏せ、関わりを避けるように遠くをすれ違っていく。

お菜は、出来る限り人目につかぬ道を選んだ。

この一行を異様に思う〝正義の人〟が現れて、どこへ行く……などと余計なお節介などされては困るのだ。

お菜が心底恐れているのは、かれらに見破られ逃げられること。ないしはかれらに、人質に取られることである。

何としてもこの連中を、目的地まで連れて行かねばならない。疑われて、途中で去られては、何もかも水泡《すいほう》に帰《き》してしまう。鉄太郎にがっかりされたくもない。

首領格はさすがに黙ってついてくるが、時々足を止め、

「いつまで歩かせる気だ」

と呟いて辺りを見回す者がいた。

「どこまで連れて行くんだよ」

と声を上げ、苛立ちを露《あら》わにする者もいる。

そのたびにお菜はドキリとして足がすくんだが、俯《うつむ》いて何も言わずに歩き続ける。

寒さを感じるどころか、額や襟元はじっとり汗ばんでいた。

豆腐地蔵の寺近くまで来た時は、すっかり日が暮れていた。だがこの辺りは寺が多く、それぞれの門提灯の灯りが門前をぼうっと照らしている。

それを頼りに進むうち、前方に東福寺の山門が見えてきた。

〝東福寺〟という門提灯の出た山門をくぐると、お菜はハッとした。静かに張りつめた境内の、本堂まで続く参道に、かがり火があかあかと焚《た》かれていたのだ。

お菜はそこに佇み、かがり火に導かれるように本堂を透かし見た。

縁先の薄暗がりの辺りに、誰か座っている。

こちらに気づいて立ち上がったのは、紛れもなく新吉だ。

「やっ、あそこに新吉がいるぞ！」

と一人が叫ぶと、男たちは色めきたった。

「あいつ、こんな所に隠れてやがったか」

「逃すな」

「出て来い、来なけりゃこっちが行くぞ」

「やっちまえ」

若者らは口々に叫びながら、下駄を蹴り捨てて裸足《はだし》になり、羽織をかなぐり捨てた。

ワアッと雄叫《おたけ》びを上げるや、参道を駆けだして行く。

ゆっくり石段を下りてくる新吉は、竹刀も木刀も持っていない。

「この野郎、やっと見つけたぞ」

「観念しろ、なに、腕一本へし折るだけだ、たいしたことじゃねえ」

首領格が叫び、脇差しを抜いて、かかれの合図をした。

それぞれ手にした武器を振りかぶり、一斉に襲いかかろうとした時だった。石灯籠の陰から、ヌッと大きな黒い影が現れた。

本堂を背負って薄暗い中に立つその影は、かれらの目にはとてつもなく大きく見えた。手に下げた木刀はかがり火の揺らぎに映《は》えて、磨き込まれた名刀のように光っていた。

「な、なんだよ、てめえ、何者だ」

「どけどけ、邪魔するな！」

腰が引けながらも、何人かが罵声を浴びせかける。

「馬鹿者！」

太い大音声が境内を揺るがし、冬の気を溜めて凍りついている静寂を破った。

「お前らはそれでも男のつもりか。子ども一人を相手に徒党を組み、束になってかか

ると は、それでも武士か、旗本か。恥を知れ！」

「ほざくな！」

精一杯の虚勢を張って怒鳴り返したのは、首領格の若者だった。

かれはおそらく旗本の子弟だろう。自尊心を傷つけられたような悔しさが、声に滲んだ。

「てめえ、どこのどいつだ、名を名乗れ」

「おれはこの寺に宿る鬼よ。お前らの腐った根性を叩き直すため、閻魔大王《えんま》から遣《つか》わされた鬼だ。口で言っても分からんやつは、骨身《ほねみ》に叩き込めとな」

「面白れえ。これでも道場の小天狗といわれる腕だ」

言いざま首領格が、刀を振りかぶり、掛け声をあげて斬り掛かってくる。

巨漢の手にした木刀が一閃し、男の手首を痛打した。

悲鳴と共に刀は宙に飛び、男はうずくまる。その右肩に木刀が振り下ろされ、骨が砕けるような鈍い音がした。

男はそのまま崩れるように倒れ、気を失ってしまった。

その姿を見やって、他の男たちは震え上がって立ち竦んだ。それでも何とか気を取り直し、木刀や棍棒を手に態勢を整えようとするのだが、恐怖のあまり、足がもつれて動かない。

だが鉄太郎は、容赦しなかった。

すでに山門めがけて逃げかかっている連中に、勢いつけて突進するや、手にした木刀を縦横に振るって、その手足や腰を打ち据えたのである。

かがり火で明るんだ東福寺の境内は、一瞬のうちに修羅場《しゅらば》と化した。完膚《かんぷ》なきまでに叩きのめされた者どもが、のたうっている。

呻き声や泣き声も聞こえた。

お菜と新吉は突っ立って、固唾《かたず》をのんで眺めていた。そこへ鉄太郎が、息も乱れぬ涼しい顔で歩み寄っていく。

「菜坊、この連中を、よくここまで連れて来てくれた」

「いえ……」

お菜は声もなく、目だけ大きく見開いている。

「新吉、和尚に言って手当てを頼んでくれ。もう医者が来てるはずだから」

「はい」

とお菜と共に庫裏《くり》の方へ行きかけた新吉は、ふと振り返ってどもりながら言う。

「つ、つよいな、山岡さん……」

だが鉄太郎の目はすでに、その新吉を越えて、山門辺りに動く一人の人影を見据えていた。

その影は、山門近くまで這い逃げて動けなくなった若者の体をまたいで、急ぎ足で境内に入ってくる。

着流しに編み笠、刀を一本腰にさした浪人ふうの装いだ。

近くまできて編み笠を取ると、その下から現れたのは、浅利又七郎の穏やかな顔だった。

「やっ、浅利先生……」

鉄太郎はよほど意外だったのだろう。驚きの声を上げた。

浅利は笑みを見せ、首を振った。

「いや、あじさい亭を訪ねたら、こちらと聞いたんでね。これでも急いで駆けつけたつもりだが……」

とかれは境内を見回した。

「どうやら遅すぎた……というよりこちらが早業《はやわざ》だったんですね。ともあれ新吉、無事でよかった」

「先生、ご心配かけて申し訳ありませんでした」

ペコリと頭を下げる新吉に、重ねて言う。

「なに、心配なんかしておらんよ。それより山岡さんの立ち回りを、しかと見たか？」

「はい！　しかと見させて頂きました」

新吉は元気よく答え、チラと鉄太郎に視線を送って、また頭を下げた。

「有り難うございました！」

（どうだ、新吉、おれは浅利先生に勝てるか？）

新吉を見返す鉄太郎の目は、そう言っているように思われた。

（賭けたんだもの、勝ってもらわなくちゃ困ります）

新吉の目は、そう答えたつもりだった。

新吉は、お菜を追って庫裏の方へ駆けて行く。

それを見送った鉄太郎と浅利は、どちらからともなく顔を見合わせ、つり込まれるように声を上げて笑った。

第五話　修羅の家

一

〝お菜どの参る
……京の兄上から、ご隠居様に便りが届きました。

兄謙三郎に続いて良人《おっと》鉄太郎も、無事に京入りしたそうです。

ただし清さまご造反のよし、大混乱とのこと。

ご隠居が明日、門人たちや家族に読んで聞かせ、いろいろと事情を解説して下さるそうです。

もしよろしかったら、ちょっと聞きに来ませんか。

明朝の四つ（十時）、高橋家客間にて。

英〃

そんな手紙が届いたのは、チラホラ桜の蕾も開き始める、文久三年（一八六三）三月十日の夕方だった。

あじさい亭の前の原っぱでは水仙や沈丁花も終わり、今は白い小手毬《こでまり》が咲いていた。

手紙を運んで来た高橋家従僕の兵次郎は、返事はいらない、とすぐに帰って行く。

その後ろ姿を見送ってから、お菜は折り畳まれた書状を開いた。

「わあ、きれい！」

まずはその筆蹟の見事さに嘆声を上げた。それはいつものお稽古用の半紙に薄墨で、美しく書かれていたのだ。

何てお英様は、書の上達が早いのだろうと思った。

暇を惜しんで筆をとるようにしており、言伝《ことづ》てればすむことでも、筆で書いているとは聞いていた。

今回も、自身とお菜の読み書きの練習も兼ねて、わざわざ書状にして寄越したのだろう。

（あたしももう一年以上習っているけど、いつになったらこんなに美しく書けるかし

ら）

と思いつつ、目を走らせる。

〝清さま〟とは清河八郎のことだ。想いを寄せるお桂が密かに口にしていたのだが、今はお英や義姉のお澪《みお》もそう呼んでいる。

ついお菜までが口にしてしまいそうに、かれは優しく風雅な一面を女たちに見せ、敬愛されていたのだった。

しかし奇人変人ばかり集まると評判の山岡家でも、あの清河は、おそらく誰より図抜けた変わり者だろう。

豪商を誇る庄内の実家から金を引き出し、尊王攘夷の活動資金に惜しげもなく使っているのだから。

自身もカミソリのような鋭い才智の持ち主であり、天空を駆けるがごとき大胆な思想をもって、変革を望む若者たちを魅了した。かれの周りには、〝清河党〟と言えそうな心酔者が集まっている。

この山岡家当主の鉄太郎も、その一人だった。

だがとても煽動家とは思えぬ別の清河を、女たちは見ていたのだ。

字が読めるのが嬉しくて、お菜は手紙を大きな声で読み上げていたが、ふとその声が途切れた。

「どうしたお菜」

包丁を持つ手を動かしながら、徳蔵が訊く。

「この字は何と読むの？」

と手紙を徳蔵に差し出して、〝造反〟を指差した。

「ほほう、お菜にもまだ読めない字があるのかね、どれどれ……」

笑いながらその字を見て、かれは一瞬沈黙した。

「これは〝ぞうはん〟と読むが……はて、どういうことかな。造反の意味は、謀反《むほん》とか反抗とかだが」

〝清さま造反〟の字を、お菜はじっと見つめた。

「まあ、あの策略家の清河様のことだ、さぞ聞きしにまさる活躍をしなさったんだろうが」

と徳蔵は、声を低めた。

「何しろあの浪士組とやらを、すったもんだの末に、とうとう京まで送り込んじまったお方だからねえ」

するとそばで呑んでいた竹田一州斎が、聞き咎めた。

かれは去年の一件以来、すっかりあじさい亭に馴染んでおり、今や置き石のような存在になっている。

「はて、策略家とな」

と、三白眼《さんぱくがん》をむいた。

「ま、人騒がせなお人には間違いねえが……」

「何が言いたい、チクデン先生」

「あの御仁は、策略家なんちゅう、生易《なまやさ》しいもんじゃねえと思うがね。浪士組なんてものをでっち上げるなんざ、凡人じゃねえ、天下一品の手妻師《てづまし》よ」

「ははは、しかしご公儀を動かすまでやりゃ、天下の策士だろう。考えてみりゃ、人相見も似たようなもんだ。先生の最近の罫にゃ、どう出てるんだね」

「それが真面目な話、天下を動かす相なんだ。たぶん京でも、何かやらかしたんじゃねえのかい」

「ま、そんなところかね、ははは……」

と徳蔵は笑った。

ご新造が〝清さま〟なんぞと巫山戯《ふざけ》て書いている限り、いずれたいしたことではないと踏んでいるのだ。

「お菜ちゃんよ、明日は高橋家に行って、その清さまとやらが、どんな手妻を使ったか、よく聞いてくるんだな」

と一州斎が言った。

お菜は思わず笑いながら、手紙を畳んだ。

たしかに清河八郎とは、人騒がせな男だった。

こんな江戸の片隅の煮売屋で、噂されるばかりではない。

文久二年から三年にかけて、江戸で起こった攘夷がらみの騒動の裏には、大かれ少なかれ清河の影がちらついている。

今回の鉄太郎らの上洛の陰にも、清河がいた。

半月前、幕臣に率いられて雨もよいの江戸を発った〝浪士組〟は、将軍の警衛隊として、江戸に溢れる浪士を集めて結成されたのだが、その仕掛人は他ならぬ清河なのである。

しかし清河といえば、一年以上も幕府に追われ続けたお尋ね者だった。それがなぜ、こんな形でお上《かみ》に取り入ることが出来たのか。

そこがかれの〝手妻師〟たるゆえんである。

潜伏先の仙台で、清河はある〝怪策〟をひねり出した。

かれは幕臣鉄太郎を介して、それを時の政治総裁職（大老）の松平春嶽《しゅんがく》に献策したのである。

春嶽は、徳川の困難期に〝総裁〟という名で幕臣の頂点に立った人で、その苦悩する心をズバリ捉えたのが、〝急務三策〟と名付けられた次のような策だった。

一つめ、攘夷断行。つまり外人排斥である。

二つめ、安政以来の政治犯の大赦。これが認められれば、入獄中の清河一派は、全員釈放されることになる。

三つめ、浪士の中から文武に秀でた者を登用する。これが〝浪士組の結成〟につながる。

つまり清河は、攘夷争乱の渦中にある幕閣にこう呼びかけたのだ。

「江戸に溢れる浪士を一つに束ね、将軍警衛隊として役立ててはいかがか。過激な暴徒の押さえにもなる」

もともと攘夷派で柔軟な春嶽は、膝を打って喜んだ。

（攘夷を叫ぶ時代の流れは、もはや変えがたいものがあろう。

過去の罪科に大赦を与えて幕府の進歩性を見せ、人心を一新するのも一策ではないか。

さらに市中を騒がす浪士どもを集めて隊を作り、上洛する将軍家茂《いえもち》の警衛隊として、治安の悪い京に送り込む。

これは江戸のごろつき共を一掃する上、京に跋扈《ばっこ》する天誅派の抑えともなろう。これは一石二鳥の名案である……）

春嶽はこの秘策を、さっそく幕閣に計った。

「何も浪士を使わなくても、幕臣がおるでしょう」

という反対派を押さえ、急務三策は採用の運びとなった。

このおかげで、入牢していた石坂周造、池田徳太郎、お蓮らが赦免《しゃめん》されて昨年のうちに牢を出たのである。

ただお蓮だけは間に合わなかった。

清河によって遊女から身請けされたこの美貌の女性は、赦免の直後に庄内《しょうない》藩に引き渡されたが、衰弱のため、娑婆《しゃば》の空気を吸う一歩手前で力尽きた。藩による毒殺説が囁かれているが、確かめようもない。

清河自身は少し遅れ、今年になってから自由の身となった。

春嶽から〝浪士組取扱〟を仰せつかった板倉《いたくら》老中は、取締役頭に老練な鵜殿《うどの》鳩翁《きゅうおう》を据えた。かれは開港時に、ペリーと渡り合った経験がある。

取締役には、暴れ者揃いの浪士を押さえるため、選り抜きの猛者《もさ》が選ばれた。それが〝辻斬り〟経験のある松岡萬《まつおかよろず》、〝鬼鉄〟こと鉄太郎らだった。

登用する浪士は五十名のところ、大幅に上回る二百数十人が応募してきた。清河は、よほどの札付きでない限りそのほとんどを独断で採用し、物議を醸《かも》している。

二月四日、小石川伝通院《でんづういん》で初の会合が開かれたが、その一癖も二癖もありげな曲者《くせもの》揃いの中に、次のような顔ぶれがいた。

水戸脱藩者で、天狗党を指揮して大暴れした芹沢鴨《せりざわかも》。

小石川小日向柳町の甲良《こうら》屋敷で、天然理心流《てんねんりしんりゅう》の道場『試衛館《しえいかん》』を開き、剣術を教えていた近藤勇《こんどういさみ》。

当道場に出入りしていた剣の遣い手で、武州日野《ぶしゅうひの》出身の土方歳三《ひじかたとしぞう》。

白川《しらかわ》脱藩の沖田総司《おきたそうし》。

松前《まつまえ》脱藩の永倉新八《ながくらしんぱち》。

仙台《せんだい》脱藩の山南敬助《やまなみけいすけ》。

また子分を引き連れて参加した、本物の無頼漢もいたという。

一行二百三十四名は、二月八日に江戸を発ち、七班に分かれて木曽路を進んだ。

途中まで見送った者の話によれば——。

まだ春浅い山中には、江戸ではもう終わったこぶしや梅などが咲いていて、皆の目を和《なご》ませた。だがかれの目に奇異に映ったのは、隊列から少し離れて歩く清河だったという。

清河は、浪士組の〝仕掛人〟としての特別待遇だったのか、手にした鉄扇で片手をピシャピシャ叩きながら、列外を悠然と歩いていたという。

二月二十三日、一行は春の花が咲き匂う京に入った。

そこには、一足先に京入りしていた義兄の高橋謙三郎がいた。

かれは将軍後見役の一橋慶喜《ひとつばしよしのぶ》の身辺警護役として、槍隊五十人を率いて随行したのである。

二

翌十一日、お菜が少し遅れて高橋家を訪ねると、庭に面した座敷には、すでに十人以上が集まっていた。

隠居の高橋義左衛門《ぎざえもん》が背にした床の間には、麗々しい雛段が、まだ片付けずに飾られている。お澪が実家から持参した雛に、長女に贈られた雛を添えたものという。

隠居を囲むように、高橋道場の高弟らが陣取っており、その背後に謙三郎の妻女お澪と、山岡家の女たちが座っていた。お英はお菜を見つけると手招きして、お桂との間に座らせてくれる。

隠居は書状を膝に広げていて、すでに全文を読み上げた直後らしく、老眼鏡を外したところだった。

皆はまだ、キツネに化かされたような顔で沈黙している。

どうやら京からの手紙には、衝撃的なことが書かれていたのだ、とお菜は推察した。

「清河八郎、とうとうやってくれたな。〝浪士組〟なんぞに、収まるわけがねえとわしは見ておったが……」

と隠居は言った。口元に皮肉な笑みを浮かべ、目の前の清河に語りかけるような口ぶりだった。

「ま、いよいよ本領発揮ってとこだな」

「あの、その清河さんについてですが、前もってそういう謀略を巡らしていたということですか？」

と門人の一人がおそるおそる問う。

「あ、そう難しく取るな。なに、やつの正体はさしづめ軽業師だろうって意味だよ、ははは……」

(今度は軽業師か。一体、京で何があったのだろう)

とお菜は息をつめ、この刃心流槍術《じんしんりゅうそうじゅつ》の前宗家を見つめた。

もう六十を幾つか過ぎ、鶴のように痩せた細身の体で、髪にも鼻髭にも白毛が目立っている。

だがその目は炯炯《けいけい》としていて、昔からの口の悪さにいよいよ磨きがかかった、根っからの江戸っ子なのである。

隠居は、以前から清河を好んでいなかった。

山岡家がかれを大事な賓客として扱うため、あまり公然とは悪口を言わない。だが策を弄したり、弁舌爽やかに相手を丸め込む清河の才子ぶりは、性分として受けつけないのである。

「あの、ご隠居、その軽業師……ってお話ですが」

と先ほどの門人がまた質問した。

すると隠居は冷えた茶を啜って、言った。

「清河は、軽業師まがいの、とんでもねえことをやってのけたって話だよ。道中は、ひとり列外で歩いたそうだが、ずっとそのことを考えておったただろうな」

「清河さんの取った策が、どうも手紙だけでは分かりにくいです。もっと詳しくお話し願えませんか」
二、三人が何か囁き合っていたが、一人が代表して言った。
「ふむ……」

隠居が説明した話によれば、こういうことだった。

浪士隊が京に入ったのは、二十三日である。

駐屯したのは洛外の壬生村《みぶむら》で、本部を新徳寺《しんとくじ》に置き、隊士らは宿割りに従って数軒の郷士屋敷や寺に分宿した。

そこで長旅の旅装を解き、湯にも浸かって夕食を終えた時分、

「一同、新徳寺の本堂に集合せよ」

という触れが回った。

疲れてるのに何だよ、と隊員らはぶつぶつとこぼしながらも本堂に出向いた。そこに集められたのは浪士だけで、大蠟燭に照らされた中に、鵜殿や鉄太郎など幕臣の姿は見当たらない。

頃合いを見計らって、中央の須弥壇《しゅみだん》の前に進み出た人物に、皆はざわめきたった。

それは、鉄扇を手にしたあの清河八郎だった。

「ご一同、お疲れのところよく集まってくれた。ぜひ聴いてもらいたいことがある。簡潔に話そう」

その声は金属的で、本堂の隅までよく響き渡った。

「ここには取締役など、幕府の関係者はおらん。われらは幕府の禄をはまぬ、浪士であるからして、幕府には何の義理もない。ここでは遠慮なく本音を言わしてもらう。諸君からも、忌憚《きたん》のない本意を伺いたい」

とかれは穏やかだが、断固とした口調で切り出した。

「われわれは、〝尽忠報国《じんちゆうほうこく》の士は集まれ〟との呼びかけに応じて参じた同志である。差し当たっての目的は将軍家警衛にあるが、今日、入ったこの都は、まさに殺戮《さつりく》の巷《ちまた》であった」

鴨川の橋の袂に生首が晒されているのを、皆は見たのである。

「そこで私は考えた。この〝尽忠報国〟の真の意味は、言うまでもなく尊王攘夷である。われらの急務は、一刻も早く主上を奉じることではないかと。尊王攘夷の先兵たらんとすれば、まずはこの志を主上に知って頂き、その御心を安んじ奉ることこそが第一義であると……。諸君、これに異論があるか？」

　座はシンと静まり返っていた。

　ほとんどの者は疲れ切っており、そこへ突然の招集がかかっての、大演説である。背骨がしゃっきりしないまま気を呑まれ、何が何だか分からず、茫然としていたのだ。

「私は、主上に奉るその上奏文《じょうそうぶん》を、すでに認《したた》めてきた。これから読み上げるから聴いてくれ。もし諸君に異存がなければ、ここに署名血判を頂きたい。この上書を明日にも朝廷に上奏し、われらの忠心を知って頂こうと思う……」

　隠居は煙管に火をつけて、吸い込んだ。

「この清河の書いた上奏文が読み上げられて、ほとんどの者が署名血判したらしい……。骨子に間違いがあるとも思えず、ただ署名するだけのことじゃ。自分らの熱意を主上に伝えることに問題はあるめえ、と誰もが考えたんだな」

　煙を吐き出して、隠居は言った。

「ところが清河は、これをどう活用したか。朝廷への窓口である学習院《がくしゅういん》とやらにこの上奏分を差し出し、勅諚《ちょくじょう》を賜りたいと、猛烈な運動を展開したそうだ」

「ちょくじょう……とは何のことで？」

誰かが訊く。

「勅諚とは、天朝様の御命令のことである」

清河は、六人の腹心にこの上奏文を託し、

「まずはこれを受理して貰うことだ、受理されずば生きて帰るな」

と檄《げき》を飛ばして学習院に赴かせたという。

六人は学習院国事掛りにこれを差し出し、受け取ってくれるよう嘆願した。だが幕府を通じて出すべき筋だと、相手は正論をもってそれを拒否したのである。

すると六人は血相変えて、その廊下に座り込んだ。

「……なればこの場を借りて、腹を切らして頂くしかない」

と着物の前をはだけて切腹しかかったため、堂上《どうじょう》役人らは度肝を抜かれ、主上に取り次ぐことを約束し、その場を取り繕ってかれらを帰したのである。

それからというもの清河とこの六人は、嘆願のため六日におよぶ日参の日々を経て、ついに孝明帝《こうめいてい》から勅諚を賜った。

「それがどれほど重大なことか、おめえらに分かるかい？」

隠居はスパスパと煙を吐いて、まるで楽しんでいるかのように皆を見回した。皆はざわついて、互いの顔を見合って何か囁いたりしている

「清河は、主上の意を受けた関白《かんぱく》から、尊王攘夷を託された。つまりだな、浪士組は幕府の支配から脱し、主上の命令に従うことになったてェわけだ」

「では、幕府によって作られた浪士組は、徳川の臣下から、天朝の臣にくらがえったと?」

「そういうことだ。徳川からすりゃ、逆賊だ」

「そりゃァご隠居、たしかにえれェ綱渡りですなあ」

肝を潰したようなざわめきが起こり、一人が言った。

「うむ……」

隠居は頷いた。

「例えばの話だが、今の世には二本の綱があると思え。……天朝につながる綱と、徳川につながる綱だ。清河ってやつは、徳川の綱を伝って浪士組を京まで運び、向こうで天朝の綱に乗り換えたってことなんだ。こちらの綱から、あちらの綱に飛び乗るなんざァ、〝軽業師〟の綱渡りとしか言いようがねえ。わしのような古い人間にゃ、目が回るような話だ」

「いや、自分のような凡才も目が回ります。どうも分からんです。一体何の権限があって清河さんは、浪士隊をそのように勝手に動かせたんですか？　隊には、取締役がついていたわけでしょう。ここで申すのも失礼ながら、鵜殿氏や、山岡さんは、何をしておられたのか。かれら取締役を差し置いて、なぜそんな手妻まがいのことが、ややすやす出来たのか……」

別の一人が首を傾げて、しきりに不思議がる。

「そこを平然とやってのけるのが、山師の山師たるところだよ。鮮やかなもんだ」

「しかし、山岡さんは知っておられたんですかね」

「まさかあの鉄ッつあんが、この策に共謀したとは思えねえ。騙されたんだ。おそらく春嶽総裁も、板倉老中も、鵜殿も、まんまと騙された」

一気に隠居は言い、腕を組んで声を和らげた。

「まあ、鉄は仕方がねえだろう、清河のあの凄腕にぞっこんだからな。騙されたと気づきゃ気づいたで、どこまでやるか見届けてやろう、なんぞととんでもねえことを考えるやつだ。それに比べりゃ、うちの謙三郎なんざ、生一本《き》の正直者だ、これを知ってびっくり仰天し、こんな長文の手紙を書き、わざわざ早飛脚で知らせてよこしたわけだよ」

お菜にはよく分からないが、大変なことが起こっていることだけはたしかだった。

貴公子然とした清河の顔、面長で茫洋《ぼうよう》とした謙三郎の顔、目のぎょろりとした鉄太郎の懐かしい顔が、浮かんでは消えた。

そして今この人たちがいる、京という遠い都を思った。

風雲の中心であるその都は、今や菜の花や、桜や、小手毬や、連翹《れんぎょう》など色とりどりの花々にむせ返っているだろう。

その時、山岡家で赤ん坊の子守りをしていた下女のお条《くめ》が、赤子を背負って縁側に姿を現した。しきりに手招きしている。

お英が立って行くと、お条は何か囁いた。

お英は頷いて戻って来て、

「お客様だから、ちょっと……」

とお桂に囁き、途中から席を立って行く。

お桂はこれまでの話を熱心に聴いていて、膝に置いた白い手を興奮したように握りしめていた。だがあえて平静を装い、色白な顔を引き締めて、無言で隠居の顔をじっと見ている。

「それで結局、どうなったんですか？」

と先ほどの者が問う。

「さて、どうなったもんか。残念ながら謙三郎の手紙は、ここで終わっておる」

「京では議論沸騰、大騒ぎでしょうな」

「そりゃそうだ、勅諚が清河の手中にある限りは、幕府方は手も足も出ねえだろう。もはや相手は清河個人じゃなくて、天朝様だからねえ」

隠居は、巻き紙をガサガサ開き、眼鏡を掛け直して何かの字を探している。

「ええっとこの日付は……三月一日か。うん、今日あたりはもう家茂公も京に入っておられよう。おそらく……」

と何か考えて、口をつぐんだ。

後見人一橋慶喜、総裁職松平春嶽もすでに京入りしており、幕府が京に移ったようなものだった。あの清河はそんな風雲の渦の中心に乗り込み、まんまと一芝居うったのである。

「これから一波乱……いや二波乱くらいあるんじゃねえかな。あのお歴々が、黙って見過ごしゃしめえから」

隠居がここでまた莨《たばこ》を吸いつけると、がやがやと皆は興奮したように意見を言い始める。

若い門弟が、薬缶の茶を、皆に注いで回った。

そこへ先ほど出て行ったお英が、青い顔で戻ってきて、仔細ありげに隠居のそばに座って言った。

「おじ様、ただいま妙な人がやって来ました」

「え、今あちらに待たしておるのかね？」

隠居は啜ろうとして取り上げた茶碗を、置いて言った。

「いえ、無理矢理お引き取り頂きました」

お英が言うには――。

訪ねてきたのは、戸井田頼母《といだたのも》と名乗る屈強な浪士だという。腹心らしき者を一人従えていた。

この戸井田頼母は弟の六平太《ろくへいた》と共に、尽忠報国の旗のもと、浪士組募集に応募した者だった。

志さえ確かであれば誰でも受け入れられるはずが、伝通院での集会には、二人とも心ならず入場を阻まれ、隊士の名簿から篩《ふる》い落とされたという。

理由を聞かせてもらおう、と弟が憤然として掛りの者に詰め寄った。そこで言い合いになり、揉み合いが始まると、取締役を名乗る巨大漢が飛び出してきて、弟をいきなり外に連れ出し、拳で殴りつけたというのだ。

「愚弟六平太は、口内に裂傷を負ったばかりか、頭痛と眩暈《めまい》が未だやまず、それ以来ずっと臥せっておる。いかなお役人といえども、あまりに粗暴ではないか。拙者は、今はしがない浪士ではあるが、以前は水戸さまに仕えた者。幕府の仕打ちに憤懣を禁じ得ない。しかし誰に訴えていいやら見当もつかず、日がたったが、周囲の者からその取締役の名を、やっと突き止めることが出来た。われらが恥辱を晴らす相手が、かの有名な鬼鉄どのであるとは、拙者、驚きに堪えない……」

そこでこの家を探し当て、抗議のために乗り込んで来たというわけだ。

「故なき無礼を謝ってもらわぬことには、武士として面子《メンツ》が立たぬ。今日は山岡鉄太郎どのに、忠心からの謝罪を求めて見参致したのだ」

と饒舌に吠えたてた。

「噂に聞けば、天狗党崩れのあの芹沢鴨さえも、入隊を認められたというではないか。われらも水戸浪士だが、芹沢ほど腐ってはおらん。やつが入隊を認められ、われらが拒まれたのは奇怪千万。まずは理由を聞かせてもらいたい」

この手の無頼漢は、山岡家に引きもきらず訪れる。初めの頃は怯えたが、昨今はお英もすっかり馴れていた。

「ご事情はとくと伺っておきますが、あいにく鉄太郎はただ今、上洛中で留守をしております。私には分かりかねますので、当人が帰ってから、改めてお越し願えませんか」

と落ち着き払って決まり文句を連ねた。

「しかし京からはいつ戻られるのだ？」

「それは存じません。半年先になるか、一年先か……」

「そんな悠長には待っておれんゆえ、やむなく参ったのだ」

と戸井田は、懐から訴状らしき物をチラつかせ、しきりに周囲の様子を探るように視線を動かした。

「われら二人とも、尽忠報国の赤心《せきしん》をもって浪士隊に応募し、職を辞して馳せ参じた者……。しかるに確たる理由もなく入隊を拒まれたことは、到底納得ゆかぬ。この世知辛い昨今、新たに生きる活計《たつき》も見当たらぬというに、愚弟の医者代薬代だけでも法外である。慰謝料とまでは申さぬが、薬代ぐらい面倒見て頂かぬことには、このまま引き下がるわけにはいかん……」

その大音声に、隣室にいた赤子が火がついたように泣きだした。

「幾ら申されても、留守宅では事情も分かりません。分かったところで、どうするすべもございません」

とお英は気丈に突っぱねた。

「ただ、もしかしたらそれは、幕府の方へ訴えて、英断を仰ぐ筋合いではございませんか？」

「もちろん正当な理由があることだ、真っ先に参った……」

しかし、山岡本人が不在である以上どうにも出来ぬと、けんもほろろの応対だったという。

「といってこの戸井田頼母、一歩も引く気はござらん」

「どうでありましても、留守宅へ来られるのは見当違いで御座いましょう、どうかお引き取りください」

泣きやまぬ赤子を、お英はそばに連れてこさせ、抱き取ってあやしながら言った。

「うむ、ご新造の出方次第で、帰らぬでもないぞ。山岡殿が帰られた際、拙者に一報頂き、謝罪の場をしつらえてくれるとの確約がほしい」

「お知らせするくらいお易いこと、約束致します」

「その約束を必ず実行するという、担保を頂きたい」

「担保……？」

「聞くところでは、当家には、秘蔵の名槍があるというではないか。亡き槍の達人、静山殿の愛用されていた槍だ。今日これから、拙者がそれを預かれば、すぐにもここを出ようぞ。むろん、後日お返しする」

お英は背筋が寒くなった。

相手は強請《ゆすり》たかりであり、そこまで調べた上で来ているのだ。

山岡静山とは、謙三郎とお英の兄である。

今は隠居となった義左衛門を師匠とし、天下無双の槍の遣い手と讃えられた名人だったが、あまりに厳しい稽古が祟って、二十七歳で早逝した。

かれは愛用の十五尺、二貫三百匁(七キロ強)の重槍を遣い、一日に千回から二千回の突きの稽古を欠かさなかったのである。

その槍は、静山が寝起きしていた隣室の長押《なげし》に、無造作に飾られている。お英としては謙三郎に持ってもらうつもりだが、かれはかれなりに遠慮し、山岡家に置いたままになっている。

戸井田の狙いはこの槍だったか。

売れば、そこそこの金にはなろう。そう思うとお英は、戸井田の出現の理由が腑に落ち、新たに怒りがこみ上げた。

おそらく鉄太郎の留守を守る女所帯を狙い、強奪まがいに持ち去ろうとの魂胆だったろう。

「そのようなものは、当家には御座いません」

きっぱりとお英は言った。

「いや、あるはずだ」

「たしかに昔は御座いましたが、御覧の通りの貧乏所帯、とうの昔に人手に渡ってしまいました」

「ならば改めさせてもらおう」

と一歩踏み出すと、怯えた赤ん坊が、母親の腕の中で反り返って泣き出した。

「お条！　そこで何をもたもたしてるのかえ」

とお英は、襖の向こうでやきもきしている乳母を叱りつけた。

「隣に一走りしておくれ。私は何でもないが、このお松が怖がっている。居間に道場の若い衆が十人くらい集まっています、一人二人に至急来てもらっておくれ」

三

「……それを聞いて、出て行ってくれたのです」

お英は話し終えて、胸を搔き合わせた。

「うちにはこんなお人がよく訪ねて参りますが、今日は少しびっくりしました」

「ふむ、よしよし、よく撃退した」

と隠居は首を頷かせて言った。

「聞いた話だがな、今の江戸には、浪士隊にもあぶれた無法者が、多勢たむろしておるそうだよ。そんな連中も含めて、今や百人以上が次の募集を待って、どこぞで待機しておるというんだ」

へえ、と皆は顔を見合わせた。

「その戸井田某も、そんな輩の一人だろう」

「あの浪士隊が、暴れ者を一掃してくれたはずでは……」

と誰かが呟いた。

「いやいや、まだまだおるさ。清河は実に、いいところに目をつけたものよ。なにせあの者は一本独鈷《どっこ》で、藩などの後ろ盾がない。だからあのように、手妻師まがいの方法で人を集めるのだ」

「おじじ様、あの者がまた来たらどうしましょう」

「いや、もう来んだろう」

「でも……」

「やつは金ほしさで押し掛けて来たものの、隣には若い衆が大勢いると分かったんだ。おまけに山岡家には金目の物が一つもねえと、一目で分かったろう。分からなきゃ、輪をかけた大バカだよ、ははは……」

隠居は笑い飛ばし、歯牙《しが》にもかけない様子である。

「ただ、浪士の方をいきなり殴りつけるなんてことが、本当にあったのでしょうか」

「そりゃア、あったに決まってる。なきゃ困るさ。その戸井田なる者の言動を見る限り、手もつけられん不心得者に間違いねえ」

隠居はあっさり言って、莨を吸った。

「鉄は、取締役の立場にあるんだ。まして伝通院を使っておれば気も使おう、無法者を見逃すはずがねえ。手心を加えて殴ったつもりでも、怪力に怒りが加わって、相手の顎を砕いちまったってことだろうよ」

それには皆も、納得したように大きく頷いた。

お英がその場を離れると、何か考えていた隠居は、そばに控えている門弟に目を向けた。

「時に星野《ほしの》……、お前はお目付の杉浦《すぎうら》殿をよく知っておろう。あの大川端の屋敷に住んでおられる……」

「あ、杉浦梅潭《ばいたん》殿ですか。はい」

星野は大きく頷いた。

目付の杉浦正一郎誠は、大川端の埋め濠に棲んでいることから、漢詩の雅号を〝梅潭〟としている。

「たしか今は上洛中と聞いておるのだが、まだお帰りではないのかね？」

「さあて、お帰りとは聞いておりません。昨日道場に行った限りでは、まだ当分は京においでのような話でした」

杉浦誠、当年三十八歳。

板倉老中の片腕と目《もく》される目付である。

仕事がらもあってか、あまり目立つ振る舞いをしないが、実直で私心のない、開明派の幕臣として知られている。

この杉浦は、昨年十二月に〝浪士組掛〟を拝命し、板倉老中の肝煎《きもいり》（代理）として浪士組結成に関わっていたのだ。

年が明けて今年一月、上洛する松平春嶽に随行し、勝海舟の順動丸《じゅんどうまる》で大坂入りしている。今は京にいるはずだった。

今回の清河造反については、おそらく誰よりよく情報を摑んでいるだろう。

この杉浦の父は久須美閑適斎《くすみかんてきさい》といい、旗本にして、剣道場を開いていた。そのため杉浦自身も、幼少から剣、弓、槍、馬と武術全般の修練を積んだ、なかなかの武芸家である。

特に槍を得意とし、若い時分にはこの高橋道場に何度も訪れていた。義左衛門が隠居となってからも、親しく交わっている。

ちなみに鉄太郎もまた、実家の小野家が大川端だったことから、九歳で久須美道場に通って修行した。

今はその嫡男杉浦誠が、鉄太郎の上司というわけだった。

槍では高橋門下の星野功一郎《こういちろう》は、剣はこの久須美道場で真影流を修行しているのだ。

星野の言葉に、隠居は残念そうに頷いた。

「いや、考えてみりゃ、あの杉浦殿に訊けば、何でもたちどころに分かるはずなんだ。何せ板倉老中の懐刀《ふところがたな》だ、お目付として幕閣の深い所まで承知していようし、浪士組や取締役のいざこざも摑んでおるだろう」

「ああ、そうですね。ただ浪士組のことでしたら……」

と星野は隠居の心中を察して言った。

「浪士組に関わっていた者を知っていますよ。近々に、少し話を聞いてみましょう」

それから数日後の、花曇りの午後のこと。

酒屋の喜助があじさい亭に、たまたま酒の配達で立ち寄った。いつものように気つけの一杯を引っ掛けながら、かれは高橋家ご隠居の病臥を伝えた。

「なに、大げさな病いじゃねえ。二、三日前から風邪けで咳こんでいたのが、夕べ急に発熱したそうでね」

床に就いたのは、嫁のお澪の強い勧めだったらしい。一家の主謙三郎が長期不在の折、舅の身に何かあっては一大事と案じてのことだろう。

隠居も稽古を見られず、道場を預かる高弟も所用で出かけていたから、大事をとりたいお澪の判断で、昨日とこの日は思い切って道場を閉めたという。

「あのご隠居が伏せるなんざ、珍しいねえ。それもこんな春になってさ。あの人が人前で横になるのは、一生で一回、棺に入るときだけと思ってたが――」

と喜助は、いかにも嬉しそうに言った。

「昔から鬼の霍乱《かくらん》というやつだ」

と徳蔵も笑って言った。

「厳寒の時に、水攻め兵糧攻めでも平気だったツワモノが、こんな花びら一枚舞う春風に、ころっと参ることがあるんだそうだ。ご隠居もまあ、そんな口だろうかね」

喜助が帰ると、徳蔵は急に思いたったように何やらせっせと作り始めた。陽が西に傾き始めた頃になって、

「お菜、これを、ご隠居にお届けしろ」

と小さな三段重ねのお重《じゅう》を差し出した。

開いてみると、精がつく旬の総菜ばかりが並んでいる。

タラの芽の天ぷら、珍しく手に入ったという京の若竹のおかか煮、ウドの酢味噌あえ、定番の煮豆……などで、どれも食欲をそそる匂いを放っている。

「いいかね、山岡家に行くんだぞ。お口に合いそうもないがとね。御新造から、高橋家に渡してもらうのがいいんだ」

お菜は重箱を風呂敷で包んだ。

いそいそと髪をなでつけ、新しい前垂れに変え、野良猫にやる煮干しの出汁《だし》がらを持って店を出た。七つ（四時）を過ぎていた。

三月半ばの暖かい陽気だったが、キラキラした昼の日差しが柔らかい夕陽となり、赤らんだ空にカラスが騒がしく鳴き始めると、空気が肌寒くなるのがならわしだ。

そんな寒暖差のなかで、それまで咲き渋っていた桜が一気に開くだろう。

お菜は、坂を上がって、高台の鷹匠町に入るのが好きだった。界隈には広い庭のある静かな拝領屋敷が建ち並び、木々の匂いがいつも漂っている。どのお屋敷にも、見事な桜や梅の木があって、たわわに花をつけた枝を生垣からさしのべている。大抵の庭に野菜畑があって何かしらの作物を実らせているし、夏になると、滴るほどの蟬しぐれで耳が痛くなるほどだった。

通りは鬱蒼たる木々の木陰になっており、高台だから風も通って、ひんやりと涼しいのである。

ところが、山岡家だけは少し事情が違っている。

その庭にはあまり木がないのだった。変わり者の当主が木を切り倒して、燃料にしてしまったからである。

「夏は陽が当たりッ放しのかんかん照りで、あそこを通ると暑くてしょうがねえ、いつも遠回りするんだよ」

と、喜助がよくこぼしている所だった。

あの庭には、春になっても桜は咲かない。ガランとして見通しのいい切り株だらけの庭には、野良猫がよく昼寝をしていた。

お菜がゆるい坂をゆっくり登って、その通りに曲がっていった時、急ぎ足でやって来る一人の侍とすれ違った。

風体《ふうてい》からしておそらく浪人だろう。

顎に無精髭を生やし、不潔な着物を纏ったむさ苦しい侍で、見向きもせずに足早に坂を下りて行った。

四

門は閉まっていたが、いつも鍵がかかっていない横の木戸口から、お菜はそっと庭に入った。

赤ん坊はいても、当主のいない山岡家は静かだった。

だが玄関前に立った時、微かに煙の匂いが鼻先を掠めた。

おそらく高橋家の庭で燃やす焚き火の煙が、こちらまで流れてくるのだろう。高橋家の庭には道場がある上に、厩もあったから、こちらと違って活気がある。

いつもヤアッ、トウッ……の掛け声が騒々しく聞こえてくるのだが、今日は道場が休みで、静かだった。

春の夕暮れの甘い空気を吸って少し佇んでいると、いつも餌を与えて手なずけている蓬色《よもぎいろ》の猫が足元を駆け抜けていく。

「これ、ネコちゃん……!」

と追いかけて、勝手口のあたりで捉まえ、煮干しを与えた。

しゃがんで猫をじゃらしているうち、煙の匂いを先ほどより強く鼻先に感じた。

(お隣から流れてくるにしては、方向が違うんじゃない?)

そう思って立ち上がり、煙の匂いを辿って庭の奥に進んだ。

ゴタゴタと薪が積まれ、農機具が放置されている裏庭は、もう夕闇が下りていて薄暗い。その中へ踏み込むと、煙の匂いがはっきりしてきた。

煙の元はどうやら、渡り廊下の先の小さな物置小屋のようだ。その板戸の隙間から、白い煙が漏れて来ていた。

お菜は口に手を当ててその板戸を開いてみた。とたんにどっと煙が噴き出てくる。

放っておくと、火は渡り廊下から屋敷に燃え移るだろう。

「大変、大変……火事です、物置小屋が燃えてます!」

お菜は叫びながら勝手口まで走り、戸を叩いた。

「どうしたの」

と出て来たお英は、辺りに蔓延《まんえん》する煙の匂いにすぐ気づいて鼻をひくつかせた。

「あら、何、どこか燃えてるのかえ？」

と顔色を変え、叫んだ。

「裏です、物置から煙が出てます！」

「分かった、ここはあたしに任せて、お菜ちゃんは、高橋に知らせてちょうだい。お粂、お粂、早く出て来ておくれ！」

とすぐ着物の裾を帯にかけてまくり上げ、手拭いを姉さま被りにした。それからは修羅場だった。

いつも賑やかにざわついている高橋家が、この日に限って、信じられないほど静かだったのだ。朝のうちに顔を出した若い門弟らは、道場が休みと知って、突きの稽古をすませ、皆さっさと帰ってしまっていた。

昼前に、例の星野功一郎が病床の隠居を見舞い、半刻ばかり話し込み、それが終わると帰って行った。

家来二人と馬掛りは、主人に随行して今は上洛中。

従僕の兵次郎と子守りの女中は、赤子だけを母親のお澪に残し、三人の子どもらを、お澪の実家で堀端にある市川《いちかわ》家に泊まりがけで連れて行っていた。

風邪が子どもに伝染《うつ》るのを恐れたお澪が、堀端のお花見にかこつけて、それとなく避難させたのである。

高橋家にいたのは賄いの女中二人とお澪、それに病臥している隠居だけ。山岡家には、お英とお桂と下女だけだ。

家から火を出すのは不名誉なことなので、近所に悟られぬよう、この女所帯で火事に立ち向かうしかない。

幸い風はなかったし、お英が中の火を叩いて小さくし、お澪たちが台所の水瓶から水を汲んで、その桶を必死で手渡した。

おかげで火は物置小屋からは広がらず、暗くなる前に消し止められた。物置小屋の内部が焼けただけで、終わったのである。

「小火《ぼや》ですんで良かった。お菜ちゃんが気づいてくれなければ、大変なことになるところだった」

とお英は盛大に感謝したものの、いま一つ顔色が冴えない。

なぜあんな所から火が出たのだろう。鉄太郎が留守になってからは、家であんな場所に出入りする者はいなかった。

あの辺りに火の心当たりもないのだ。

消火が一段落してから、徳蔵心づくしの総菜が隠居に届けられ、お英、お澪、お桂の三人は、山岡家の台所に集まった。

お茶を呑みながら、火事の原因をしきりに言い合ったのだ。

「あれは〝不審火〟と言うしかない」

「間違いなく放火でしょう」

「何だか気味が悪いねえ」

と三人は心細げに首をすくめ、顔を寄せ合っている。

お菜もまた加わっていたが、何も言わずに考え込む一方だった。

坂を上がった所ですれ違った侍が、気になって仕方ない。かれは山岡家の方から、急ぎ足でやって来たのである。

だがそれだけのことで、何の証拠があるわけでもない。

そのうち下女のお粂が、勝手口から、飛び込んできた。

「お、奥様、大変です、またあの浪人が……！」

と歯の根も合わず、がたがた震えている。

お粂は後片付けで玄関周りを掃いていたのだが、気がつくと、見覚えのある浪人者が目の前にヌッと立っていたという。それも襷がけで、鉢巻きをしめ、袴の股立ちをとっている。

（あの戸井田頼母だ！）

そう気づいて、夢中で叫んだ。

「お帰りください。ただ今、取り込み中なので、奥様はお会い出来ません」

と突っぱねたが、相手はにやりと笑って動じない。

「火事で大変だったろう」

「…………」

「いや、それがし、山岡家が火事と聞いて、消火のためおっとり刀で推参《すいさん》仕《つかまつ》った。そのむね奥方に伝えてもらいたい。それあの通り、われら浪士隊あぶれ組三十名、こぞって参じ申したのだ」

戸井田が差す方を見て、震え上がった。

門はいつの間にか開かれており、生垣の外や内の薄暗がりに、無頼の男どもが影となってひしめいているのだった。

〝消火〟とは、水が少ないこの時代、放水を意味しない。建物を打ち壊して延焼を防ぐことが主である。

門前に群がっている者どもは誰も、火消しの鳶《とび》職が持つ草刈り鎌のような長鳶口《とびぐち》や、大ノコギリなどを手に手に持っている。

家は囲まれていた。それは山岡家だけではなく、高橋家の前も大勢の人で塞がれているようだ。

「さあ、とっとと奥方に取り次ぐんだ！」

戸井田は吠え立て、裏に向かって駆けて行く下女の背に、さらに言葉を浴びせかけた。

「いいか、この両家の表門裏門、すべて塞がれておる。蟻一匹も這い出る隙間はないぞ。家の前の通りは、火事一件につき、封鎖しておる。近隣の家にも、浪士一隊、消火のために参じたと触れてあるゆえ、誰も来るまい」

言われてみれば、闇の溶けた大気には、まだあの小火の匂いが濃く漂っている。火事を疑う者はいないだろう。

それでなくてもこの両家の前には、二六時中、風体の悪い者どもがたむろしており、近所は関わらないようにしているのだった。

「いいか、女、四半刻（三十分）しか待たんぞ。おれの合図ひとつで、連中は消火を始める。隣の家は半刻かかりそうだが、こちらの屋敷であれば、まあ、ほんの一瞬だな」

五

「何だって、戸井田がまた来たと？」

徳蔵の差し入れで夕餉を済ませた隠居は、お英から話を聞くややおら立ち上がって身繕《みづくろ》いを始めた。

「あれ、おじじ様、いけません」

さすがのお英も真っ青になって、取りすがった。

お英は、新築の高橋家が打ち壊されるくらいなら、兄静山の名槍を渡したほうがいいと考えた。ただ渡す前に、隠居の承諾を得ようと駆けつけたのである。

すべてあの戸井田頼母の計略だったのだ。

おそらく両家に出入りの商人の誰かを丸め込み、高橋家の門弟が少なくなる日を探っていたのだろう。高橋家には、酒屋、米屋、魚屋、豆腐屋などの他に、未だ新築の建物の不具合を直す職人や、庭師、馬医などが出入りしているのだ。

「おじじ様、相手は三十人以上はいるようでございます。こちらは女ばかり六人……。とても勝ち目はございません。ここは一応は槍を渡しましょう」

「馬鹿者、何を抜かすか！」

隠居はお英を振り払い、大声で叱りつけた。

「この高橋義左衛門が目に入らんか。わしの目の黒いうちは、連中を家に近づけてはならん。命が惜しくて、犬畜生にも劣る戸井田風情に孫の槍を渡したとあっては、世間に顔向け出来ん。あの世に行って静山にも合わせる顔がねえ」

実のところ、今日の隠居は意気軒昂だった。

今日の昼前、かの星野がやって来て、戸井田某と鉄太郎の揉め事の真相を伝えたのである。

それによれば、戸井田頼母とその一つ違いの弟は、酒徳利を片手に下げ、酒の匂いをぷんぷん放って伝通院塔頭《たっちゅう》の処静院《しょじょういん》にやって来たらしい。

若い受付掛りがそれを咎め、入場を拒んだ。

すると酔っていた頼母が、徳利を受付の台に叩き付けた。それを遠くで見ていた取締役の鉄太郎が駆けつけ、退場を迫ったのだ。

鉄太郎いわく、

「そこもとらは、この処静院に入る時、門の外の石碑を見なかったか。そこにはこう書かれていたはずだ」

〝不許葷酒入門内〟と石碑には彫られている。

〝葷酒《くんしゅ》、門の内に入るを許さず〟と読む。

「すなわち、ニラやネギのような匂いの強い野菜、生臭い肉と魚、それと酒を、門内に持ち込むことを禁じておるのだ。そこもとらを入場させるのは、仏道に背くことになる。どうしても隊に入りたくば、腰のものを受付に預かり、床に散ったこの酒を拭き取ってからにしてもらいたい」

すると弟の方が、いきなり刀を抜いて斬りつけて来た。

鉄太郎は腰を沈めて難なくかわし、拳を固めて一発食らわした。

それは顎に命中したため、弟は口の中をしたたか嚙み、脳震盪《のうしんとう》を起こして倒れたらしい。

だが、兄に支えられて歩いて帰ったし、その後も寝付いたような話はないという。

それを知った隠居は、戸井田の卑劣さに激怒していたところである。

「お気持ち分かりますけど、どうやって戦いますか？　頼りのじじ様はお熱があり、普通のお体ではございません。ここはいったん引き下がり、鉄太郎殿のお帰りになるのを待つべきかと……」

お英がなお食い下がったが、隠居は聞く耳を持たない。

「お澪、大急ぎで客間に皆を集めよ」

と言いざま、スッと隣室に消えた。

お菜も呼ばれて客間に入った。

その床の間の雛壇はすでに取り払われ、備前の大きな壺に桃の枝が一本、無造作に挿してある。

隅には、古びた太鼓が転がっていた。

ここに集《つど》ったのは、お英、お桂、お澪、女中一人、それにお菜の五人だったが、驚いたことに、お菜以外は皆きっちり袴をつけ、襷がけだったのだ。何かあれば、一緒に戦う気構えらしい。

すぐ現れた隠居も、寝間着の上に袴をつけ、白い襷がけで、鉢巻きをしめている。

「さあ、皆よく聴け。猶予がねえから簡潔に話すぞ。わしに一つ策がある。誰かに屋根に登ってもらいてえんだが、希望者はいねえか」

皆は驚愕の面持ちで顔を見合わせた。

「おじじ様、屋根で一体何をするのです?」

お桂が訊いた。

「それ、この太鼓を叩いてもらう」

隠居は、床の間にいつも転がっている太鼓を手にして言った。

「そんなに驚いた顔をするな。ここは畏れ多くも、徳川家お膝元の拝領屋敷であるぞ。屋敷がこうして他所者《よそもん》に囲まれた時、助けも呼べぬまま、むざむざやられていいものかい」

「…………」

「この町のご先祖も、そう考えたらしい。太鼓の音を合図とし、それを聞いた者は番所に知らせ、役人ともども駆けつける……ということになっておると、わしは子どもの頃に聞いた覚えがある。お英はどうだ、聞いたことがあるか？」

「いえ、何も……」

お英は首を振った。

「でもそういえば、同じような太鼓が、うちの天袋に入ってたような気がします」

「おそらく天下太平の世が続き、使われぬままに忘れられたんだろう。わしは一度だけ……うんと昔のことだが、その太鼓の音を聞いた覚えがある」

「おじじ様、これからそれをお試しになりますのかえ？」

お澪が殺気だって、悲鳴のような声で言った。

「誰も知ってはおりませんよ、今の人たちは！　仮に太鼓の音は聞こえても、助けを呼ぶ合図だなんて、誰も思わないんじゃありませんか？」

「いや、案ずるな、お澪。この町内だけでも、古きを知る隠居は何人もおるのだ」

隠居は柔らかく言った。

「わしはこれから外に出て行き、連中を相手に一説ぶつつもりだ。その間に、誰かが屋根に上って、思い切り叩いてもらいたい。必ずや誰かの耳に届くはずだ。武運拙《つたな》く誰の耳にも止まらねば、それもまた天運。潔《いさぎよ》く闘って死ぬだけだ。いいか、お前らはいっさい手を出すな」

「屋根には、あたしが上がります！」

そう叫ぶように言ったのはお英だった。

「いえ、ご隠居様」

とお菜が膝立ちになって申し出た。

「あたしは小柄だし、身が軽いとよく言われます。あたしに試させてください」

「ふむ、よく言った。ここはやっぱりお菜かな」

隠居は顔を輝かせ、満足げに頷いた。

かれは初めからお菜に頼みたかったのだが、子どもだからと遠慮したのである。

だがもはや遠慮もしてはいられない。一つ間違えば、両家が壊されてしまう恐れがある。

「よし、頼んだぞ。二階の裏の窓から、梯子《はしご》をかけて上れ。うちの屋根はさほど急ではない、新築だから瓦が滑り落ちることもねえ。てっぺんまで行かんでも、足場が良ければ、これを……こう肩から下げて、叩けばいい。思い切り、力いっぱい打て」

渡されたのは、〝担ぎ桶太鼓〟と言い、音がよく響き誰でもすぐ叩ける両面太鼓だった。

一尺二寸ほどの小型の木桶で、黒塗りの胴体部分に赤い締紐が掛かっている。両側面に張られた皮には、高橋家の〝丸に細抱き柏〟の紋が描かれていた。

これを肩から下げ、両手にバチを持って叩くのだろう。

「それでご隠居様、叩き方は？」

すでに立ち上がっている隠居は、お菜に訊かれてはっと首を傾げた。合図の叩き方があるはずだったが、それを知らない。

かれは遠い記憶を探った。

そうだった。戦場では、出撃の時の攻め太鼓、行軍を知らせる押太鼓、退却を命じる退《の》き太鼓……等々あるように、これにも何か言い伝えられた叩き方があったはずだ。

だが思い出せない。とっさに言った。

「うーん、よし、ドン、ドン、ドン、ドロドロドロドロドロ……でいけ。たしかそう聞こえたような気がする。それでいけ。それをゆっくり何度も繰り返し、段々に早くするんだぞ」

お菜はお澪から、足にまとわりつかぬ男児用の袴を借り受けた。

太鼓を背中に背負い、お澪の手引きで二階の裏窓に梯子をかけ、そこから屋根に上がった。

空はすっかり昏《く》れて、星が出ていた。

恐ろしくはなかったが、下は見ない。

お菜は傾斜のゆるやかな瓦屋根の稜線に摑まり、這いつくばって上り始める。遠くから押し寄せる夜気が涼しく、足の裏にひんやりと瓦が冷たかった。

お菜は懸命に進んだ。ドン、ドン、ドン、ドロドロドロ……と呪文のように胸で繰り返しながら。

六

「……私は当家の祖父にして、隣の屋敷を代々拝領しておる、高橋義左衛門である。方々《かたがた》は本日、当山岡家の失火を案じて参じてくだされた由、主人の山岡鉄太郎に成り代わって、礼を申し上げる」

隠居は、庭に向かって開け放った山岡家の玄関上がり框に正座し、大音声で名乗りを上げた。庭にはすでに闇がおりていて、上がり框の行灯には火が入っていた。

かれの脇には、静山の長槍が置かれている。

襖の陰には、お英が懐剣を手にして座っていた。

「しかしながら……」

と隠居は声を張り上げる。

「どうか安心召されよ。火事は幸い、物置小屋を焦がしただけの小火に過ぎず、もうすっかり鎮火致した。方々は漸次《ぜんじ》、解散して頂きたい」

すると、遠巻きにしている人影の中から、一人が大股で進み出た。あの戸井田頼母である。

「いやいや、ご老体、まだ煙の匂いがしてますぞ」

「おぬし、名乗られよ」

「それがし戸井田頼母と申し、尽忠報国のため水戸藩を脱藩致した者でござる。先般、浪士組入りを希望したが、故なく断られ、面目をなくした。その上わが愚弟は、鬼鉄どのに殴打されてまだ床を離れておらぬ。この無礼の後始末をつけてもらいたく、推参した次第。条件はすでに、先日ご当家の奥方に申し上げたはずだ」

「なるほど、おぬしが所望したのはこの槍か？」

隠居は、かたわらの槍を取り上げた。

そばの行灯の灯りを透かすように、戸井田は目を細めて槍を見つめた。

「槍の一つ二つ、くれてやるのはやぶさかではない。だがこの槍については、いささか無理な注文だ。これは今、主の鉄太郎の所有となっておるからだ。それに……」

とかれは少し微笑した。

「あんたにゃ、これは扱えめえよ」

戸井田がサッと顔色を変え、鯉口に手をかけたのが、闇の中でも察知された。

「力ずくでも、貰って行くと申したら？」

「むろん、やめておけと忠告しよう。どうしてもと望むなら、是非もない、力ずくで奪ってみよ」

言いざま隠居はおもむろに槍を摑んで立ち上がり、裸足のままスタスタ庭に下りて来た。

遠巻きにしていた影が、ジワリと下がった。

「火消しの諸君は、下がれ！」

と叫ぶと、

「引くな引くな！」

と戸井田は振り向いて叫び返し、招くように大きく手を振った。

「一気にかかれ！　相手は老体だ、枯れ木を血祭りに一気にこの家を打ち壊すんだ！」

ワッと声が上がって、門から男たちがなだれ込んで来た。生垣を蹴破って入ってくる者もいた。

刀を抜き払った戸井田の背後に何人かがいるのを見て、隠居はおもむろに、長い槍を大上段に構える。

トウッと踏み込んできた最初の刀を振り払いざま、一回転して返す槍で、背後から突進して来た刀を叩き落とす。次が飛び込んで来た。

その者が槍の先で叩かれ、倒れ伏した時である。

ドン、ドン、ドン、ドロドロドロドロ……と、どこかで太鼓の音が鳴り出したのだ。

侵入者どもはその場に凍りつき、音の降って来る方角を仰ぎ見て、我が目を疑った。

「な、何だ、ありゃ……」

二階の屋根のてっぺんに立つ小さな影が、太鼓を打ち鳴らしているらしい。

「何してるんだ」

「役人を呼ぶ合図でねえか」

口々に叫ぶ声がした。

ドン、ドン、ドン、ドロドロドロ……。

それはゆっくり始まって、何度もしつこく繰り返されるのだった。

初めのうちは頼りない、弱々しい音だったのが段々に強くなり、静かな宵の口の空気を力強く震わせ、この城下町一帯に響き始めたのである。

いったんは屋敷に向かって雪崩《なだれ》を打って入りかけた群衆は、水のように退き始めていた。

お菜はただ懸命に、言われた通り打ち続けた。

下や、遠くを見はるかす勇気も余裕もなかったが、だんだん人影が散って行き、代わりに別の人々がじわじわ集まって来る気配が、肌を通じて感じられた時、ふと涙が湧き出た。

間もなく番所役人二十名に加えて、手に手に槍や刀を下げた近所の隠居たちが、山岡邸に駆けつけてきた。かれらは鳴り響く太鼓の音に、忘れていた過去の記憶を呼び戻され、家紋のついたねじり鉢巻、陣羽織姿で飛び出したのである。

だがかれらがそこに見たのは、槍を抱えて山岡邸の前にぽつねんと佇む、義左衛門老の姿だった。

浪士組が京を発ち、木曽路を江戸に向かっている——。

そんな情報が鷹匠町に伝わったのは、それから数日後のことだった。その日高橋家では、家族ぐるみの小宴会が開かれていた。

山岡家で小火を出し近隣を騒がせたことを詫び、住人たちの協力で両家が大難を免れたことに謝して、ささやかな祝杯をあげたのである。

招かれたのは、真っ先に駆けつけてくれた数人の親しい隠居たちと、太鼓を叩いたお菜で、他に主な門弟らが顔を揃えた。

隠居らは、ほぼ忘れられていた太鼓が役立ったことに感激し、さかんに昔話に花を咲かせている。

お菜は、お桂やお英と同じ席に座っていた。

一刻（二時間）ほどして宴が終わり、客が引き上げると、隠居は門人と家族を相手に、この日届いたばかりの謙三郎からの手紙を読み上げた。

「つまり謙三郎が、浪士組を引率して、江戸に帰ってくるてェことだ」

「ええっ、いつ？」

座がざわめいて、質問が飛んだ。

「三月二十七、八日頃になるだろう」

上洛したばかりの浪士組が、なぜ在京一ヶ月にも満たないうちに、帰ってくることになったのか。

また別件で上洛した謙三郎がなぜ、かれらを引率して戻るのか。

〝清河造反〟の、これがお仕置きなのだろうか……等々、事情が分からず、皆は大いに戸惑っていた。

文面によると、浪士組の江戸送還が決まったのは、三月八日。

そして同じこの日、謙三郎は浪士取扱に任命されたらしい。

折から、昨年夏に起こった生麦事件《なまむぎ》の決着を迫って、英国艦隊が横濱に集結しているという。その物騒な噂が京に流れており、仲間うちでも話題になっていたところだ。

それを受けて、

「浪士組は急ぎ、江戸から横濱へ回って、その警備に当たれ」

との勅命が、関白より下《くだ》ったという。清河ら浪士組は、幕命ではなく、勅命を拝して帰ってくるらしい。

「ええっ、ではイギリスと戦をするんですか！」

と乗り出して質問する門弟がいた。

隠居は首を傾げた。

「それは分からんぞ。清河の造反で、幕府は面目丸つぶれだ。必ずや、何か策を考えていよう。これは罠かもしれん……」

と隠居は自論を吐いた。

「幕府は、逆に主上の勅命を利用して、今度は横濱に送り込もうとしておるのかもしれん。ともあれ責任を鵜殿鳩翁に取らせ、頭の役を、謙三郎に代えたというわけなのだ」

謙三郎は在京中、将軍直属の警固にも手腕をみせ、〝従五位下伊勢守《じゅごいげいせのかみ》〟に出世していた。清河とも、鉄太郎を通じて面識があったこともあろう。

油断ならぬキツネのような清河の〝お守り〟には、適任と見なされたのかもしれない。

伊勢守になった吉報の報告かたがた、かれは京を発つ直前の三月十二日、この手紙を早飛脚に委ねたのである。

「清河の動きを読むのは何とも難しい。何をしでかすか分からんやつだからな……」

と隠居は難しい顔で言ったが、この吉報を、内心は大いに喜んでいたのである。

「ただ謙三郎の出世は、まずはめでたい。今ごろ中山道で埃を浴びてるあの暴れ者集団も、謙三郎の豪腕には勝てめえよ。たいした騒動もなく、無事に江戸入りすることを祈念して、乾杯……」

と機嫌よく音頭をとり、二度めの祝杯を上げた。

すると、そばにいたあの星野が、待っていたように言った。

「杉浦殿は、船で追いかけるようですよ」

「え、杉浦殿も江戸へ？」

「そう聞きました。陸路を帰る浪士組を、海路の順動丸で追い、相前後して江戸に入られると……」

「なるほど、そういうことか」

それまで上機嫌で、声も大きかった隠居は、にわかに声を低めて呟やいた。それからは何ごとか考え込んで口数が少なくなり、しきりに盃を空けてばかりいる。

「ご隠居様、急に静かになったけど、何を考えておいででしょう」

そんな隠居の様子を見ていたお菜が、不審そうに隣のお桂に低声で囁いた。

「おじじ様はね……」

とお桂は隠居を見つめ、姉のお英が席を立つのを待ってから、囁き返した。

「先のことを心配していなさるの。だって、清さまが造反しなさったのに、取締役の鉄兄様はそれを止められなかったんだもの、何かの御沙汰があるんじゃないかって」

お桂は静かにそう言うが、おそらく鉄太郎以上に、謀反人清河への懲罰を心配しているに違いなかった。

浪士取扱役杉浦誠の帰府を聞いてから、急に黙りがちになった隠居の胸の内を思うとお菜もまた、何かしら落ち着かなくなる。

浪士組を追うように帰ってくる杉浦は、何かしらの命《めい》を受けてのことではないか……と。

浪士組の一部は、清河のやり方を承服しかねるとして、そのまま京に残留したらしい。芹沢鴨、近藤勇、土方歳三ら十三名で、後に〝新選組〟を名乗ることになる。

江戸に向かった浪士組は、京で関白から勅命を受けたことを無上の誇りとし、桜吹雪の中山道を意気揚々と行軍した。

江戸に入ったのは、八重桜の咲き始める三月二十八日だった。

浪人組は江戸に入ってさらに人数が増え、本所三笠町の旗本空屋敷を本部として駐屯した。

だが清河八郎は、鷹匠町の山岡家を宿とすることになった。

京で〝一杯食わされた〟はずの鉄太郎だが、納得するところがあったのだろう。大仕事をなした清河の身をひどく案じて、自邸に泊まるよう勧めたのである。

外出時には必ず二、三人が付き添うようにしたから、狭い山岡邸にはいつも誰かしらが泊まり込んでいた。

鉄太郎の、清河への思い入れは深かった。

いったん思い入れると、その信頼は簡単には揺るがない性分だ。

清河の裏切りが、個人的なものではなく、遠くに見据えた大望に添うものである以上、かれはそれを許したのだろう。

七

鉄太郎がふらりとあじさい亭に現れたのは、数日後である。

すでに四月に入り、表戸も空け放しの店の暖簾が、折からの強い風にハタハタと揺れていた。

それを割って、誰かが顔を出した。

「ごめん……」

懐かしいその声を聞いて、お菜は思わず歓声をあげて駆け寄った。

「お帰りなさい！」

だが声をはずませてその巨体を見上げ、顔を見て絶句した。

その顔は、燻《いぶ》されたように真っ黒に日焼けしており、ぎょろりとした大きな目は、前より鋭い光を放っていたのだ。

いっそう引き締まって見える長身に、いつもの色の褪めた繕いだらけの着物を纏《まと》っているが、洗いたてらしく石鹸の匂いを放っている。

「やあ、菜坊、留守中は世話になったようだな。そんなお転婆とは知らなかった」

とかれは屈託なく言い、どっかりと酒樽に腰を下ろす。

「いえ……」

とお菜が赤くなって首を振った。

「菜坊がいなかったら、拝領屋敷が丸焼けになるところだったそうだ」

とかれは柔らかい笑みを浮かべた。お菜の大好きな、いつもと変わらぬ笑顔である。

徳蔵は笑いながら、さっそく酒と蕗の煮物を出す。

鉄太郎は美味《うま》そうに茶碗酒をあおり、

「ああ、酒はどこにもあるが、ここが一番だ」

と呻くように喉を鳴らした。

「あのう、帰りも中山道でしたか」

と背後から声をかけたのは、たまたま店にいた若い勤番侍の右馬助である。かれは鬼鉄の噂を聞いていて、親しく話しをしたいとかねてから思っていたのだ。

「ああ、行きも帰りも山ン中よ。埃っぽい上、雨が降るとどろんこだ」

と鉄太郎が頷いた。

「しかし木曽路は山菜が楽しめたでしょう。今はタケノコが盛りで……」

などと得意の退屈な食談義を始める。

だが鉄太郎はまんざらでもなさそうに受け答え、茶碗酒を立て続けにあおっている。

すると強い風に吹き寄せられるように、一州斎や何人かの客が前後して入って来た。かれはいかつい顔をしたその一人が、浪士組の取締役でもある石坂周造だった。かれは鉄鉄太郎の盟友で、何度もこの店に来たし、総菜を買ってくれた人である。

かれは徳蔵に挨拶もそこそこに鉄太郎に何ごとか囁き、しばらく茶碗酒を空けながら、ひそひそ話し込んでいた。

そのうちもう一人が来たが、店に客が多いのを見て、連れ立って埃っぽい町に出て行った。

それを見送って、一州斎が徳蔵に言った。

「……何かあったのかな」

「そりゃ、生きてりゃ、何かしらあるさね」

徳蔵は手を動かしたまま、低く答えたきりだ。

だが最近、京から帰った浪士組が江戸市中でひどく評判が悪いのを、お菜は客の会話から耳にしている。

かれらはあちこちで無銭飲食したり、借金を強要したり、喧嘩沙汰で刀を振り回したりしているというのだ。

悪い噂が流れているのを鉄太郎は知らないのだろうかと、お菜はやきもきしていた。今日もその話をしたかったのに、そんな話などする暇もなかった。

その日の夜ふけ――。あじさい亭にまたも数人の男たちが密かに集まって、何ごとか密談したのである。

お菜は床《とこ》に入ったままだったが、夜中に影のように集まり、影のように夜の闇に出て行ったのは、清河八郎、鉄太郎、石坂周造、松岡萬ら……浪士組の面々であることが、薄々分かった。

市中に衝撃的な噂が流れ、大騒ぎになったのは、その数日後のことである。

両国広小路に、武士の生首が二つ晒されており、そばに立てられた札には、それぞれの名前と罪状がこれ見よがしに記されていたという。

「この二人は偽《にせ》の浪士組であり、何者かに雇われて、本物の浪士組を貶《おとし》めるために悪行を行った」

という内容である。

何者かとは〝政府筋〟だろうと人々は噂し、板倉、小笠原《おがさわら》……など、何人かの老中の名前が、しきりに人々の口の端《は》にのぼった。

首を斬ったのは首魁の清河らしい、いや、その配下の石坂某だ、いや山岡だ……などどあらぬ噂も伝わってくる。

見世物小屋が賑やかに建ち並ぶあの広小路に、そのような首が晒されたことに、お菜は恐怖した。あの地へラクダを見に行ったのは、もう昨年のことになるか。

その楽しい思い出も、今は蜃気楼《しんきろう》のようである。

絶対に鉄太郎ではないと、お菜は思う。

かれは人を斬らないし、あの広小路に生首を晒すこともしないだろう。そもそもあのような人が、なぜ清河のように物騒な人物に傾倒しているのだろう。

「政《まつりごと》はまた別なんだよ」

と徳蔵が言ったことがあるが、お菜には理解出来ない。

今度のこの一連の騒乱の中に、お菜が敬愛する鉄太郎がいるなどとは、とても信じられなかった。

鉄太郎はそれから店に姿を見せず、山岡家からは書の手習いの誘いもなかった。

八

文久三年四月十三日。

薄い雲が空を覆い、どこかで遠雷が轟く、どんよりした日だった。

お菜は、天秤を担いで売りに来た年老いた花売りから、紫色の菖蒲《しょうぶ》を数本買い求め、ふちの欠けた貧乏徳利に活けて、入れ込みの形ばかりの床の間に飾った。

それからタケノコを茹で、徳蔵がそれを甘辛く煮付けて店頭に出すと、飛ぶように売れた。

そんな大忙しの一日が過ぎて夕餉をすませ、湯屋から帰って床に就こうとした時、表戸を叩く音がした。

台所で明日の下拵えをしていた徳蔵が、手燭を手にして立って行った。戸を開けると、聞き覚えのある女の声が耳に飛び込んで来る。

お菜は何ごとかと出て行き、仰天した。

「まあ、お桂様……！」

山岡のお桂は、振り返って付き添ってきた高橋家の従僕を帰し、よろめくように入ってきた。

「夜分にお騒がせします――」

いつもは透き通っている美しい声は震え、愛嬌のある顔は今は夜目にも真っ青で、足元すらもおぼつかないようだ。

朝から風のない日だったが、この時ばかり、妙に生暖かいゆるい風が吹き込んだように思えた。

(酒に酔っておいでか)

とお菜は内心うろたえた。どうしたというのだろう。

「具合が悪いの、少し休ませて……」

掠れた声で訴えるお桂は、さながら嵐に遭ってちぎれそうな花の風情だった。

「奥に床をとってあるな？　さあ、早くご案内しなさい」

と徳蔵が頰を引き締め、自分は突っ立ったまませき立てる。

慌ててお菜はお桂を支えながら先に立ち、奥に導いた。お桂は懐から封書を出して上がり框に置くや、自ら奥の寝間に倒れ込み、襖を閉めてしまった。

徳蔵が封書を開き、お菜はそばから覗き込んだ。

それはお英からの手紙で、走り書きに近かった。

〝徳蔵どの、お菜どの、急ぎ参る。

清さま、本日夕刻、麻布一之橋にてご遭難のよし。

御首級《みしるし》を奪われてはならじと、石坂周造が現場に飛び、ただいま山岡、高橋ともども待機中です。

首尾よく首級を持ち帰れば不幸中の幸いではありますが、お桂には耐えられますまい。何とぞ朝まで妹を預かって下されたく、伏してお願い申します。

英〃

お菜は、息を呑んで徳蔵の顔を見た。

読めない〝ご遭難〟と〝御首級〟の字が、文面から浮き上がり、周囲をぐるぐる回るようだった。

これは一体どういうことなのか。何が起こったのか。

お菜には想像がつくが、信じられないのだ。

「お父っつあん、これ、どういうこと？」

お菜は土間に立ったまま、まるで詰問するように囁いた。

「御首級とは……」

徳蔵は呟いて俯いていたが、襖の向こうには聞こえない薄暗がりに体を寄せ、声を潜めて言った。

「麻布一之橋で、暗殺があったのだ。清河様の御首を、誰かに晒首にされちゃまずかろう。そう案じて石坂殿が急ぎ奪い返しに行ったようだ」

お桂は奥に籠ったきり、シンとして出て来ない。

徳蔵は店の入れ込みで寝ることになった。お菜が囲炉裏のある茶の間に自分用の床をのべていると、襖が静かに開いて、お桂が顔を出した。

その顔は青ざめ、目は真っ赤で瞼は腫れ上がっていたが、どうやら正気が戻ったらしい。

「お使いだてして悪いけど、水をくれますか」

お菜が瓶から汲んで来た水を、お桂はゆっくり飲んだ。

「ありがとう、ああ、やっと落ち着きました。わたし、何だか気が変になってたみたい。でももう大丈夫ですから」

と帰るそぶりをする。

「お桂様、今夜はここに泊まりなせえ」

と徳蔵が顔を出して言った。

「ご新造様から手紙でそう頼まれてるし、山岡家には人が出入りして、今夜は修羅場ですよ。夜が明けたらすぐ、わしがお送りしますでな。眠れなかったら、わしやお菜と話せばいい」

じっと聞いていたお桂は、涙を溢れさせて頷き、丁寧に両手をついた。

「ご迷惑でしょうが、一晩よろしく頼みます」

それから徳蔵は、よく眠れるようにと、軽く酒を出した
落ち着きを取り戻したお桂が、心づくしの酒を少しずつ啜りながら、次のようなことをぽつぽつと語ったのである。


清河八郎はこの二、三日、風邪気味だったという。

お粥を出したり、葛湯を呑ましたり、かいがいしくお桂が世話をしたかいあって、今朝は体調が良くなったようだ。

この日、午後から外出する予定があるといい、お洒落《しゃれ》なかれは、朝のうちに近くの湯屋で病臭を洗い落とし、さっぱりとした顔で戻って来た。

よほど気分が良かったのか、たまたま謙三郎の登城を見送って、庭で立ち話をしていたお澪とお英に、挨拶して言った。

「良かったら、白扇を一、二本持ってきてくださらんか。湯でいい句が思い浮かんだので、書いて差し上げますよ」

清河の筆蹟は有名で、書の名人の謙三郎も褒めていた。

それを思い出したお澪が、急いで白扇を数本持ってくると、かれは縁側ですぐに墨をすり、すらすらと二首の和歌を認めた。

〝魁がけてまたさきがけん死出の山、迷ひはせまじすめらぎの道〟

〝くだけてもまたくだけても寄る波は　岩角をしもうち砕くらむ〟

「まあ、縁起でもない……」

それを読んで、お英が眉をひそめた。

「死出の旅だなんて、何だか辞世の句みたいじゃありませんかえ」

「いやいや、考えようじゃ、句なんてそんなもんですよ」

とかれは謎めいて笑い、お英とお桂にも一本ずつ、さらにこんな句を書いてくれた。

〝君はただ尽くしませ臣の道　妹はほかなく君を守らん〟

これらの句に不吉なものを感じた三人の女たちは、口々に今日の外出を止めた。

清河はこの午後、麻布の上ノ山藩邸にいる金子《かねこ》与三郎《よさぶろう》から、酒席に招かれていた。

金子とは、安積《あさか》艮斎《ごんさい》の塾で学んだ時代の古い友人で、儒学者だった。書き散らした原稿などを預かってくれる、親しい相手だったのである。

まるで取り合わない清河に、お英らが困惑しているところへ、石坂がやって来た。

清河の外出を知ったかれは、顔色を変えて激しく止めた。

実を言うと清河一党は、さらに大仕事を控えていた。

外人の多い横濱の焼打ちを計画しており、それが翌日に迫っていたのである。

お桂は当然、それを知らないことになっている。

だが同じ家にいると、どうしても聞こえてしまうのだ。

鉄太郎は倒幕には反対の〝攘夷佐幕〟の立場を取っており、横濱焼打ちが倒幕につながることで、議論を重ねていた。

しかし清河は〝攘夷倒幕〟の志をいよいよ鮮明にしており、〝横濱を守れ〟の勅命を楯に、すでに横濱の下見もすませている。

結局のところ鉄太郎は、焼打ちには不参加であるように、お桂は理解していた。

そんな大事を前にした清河は、外出時には護衛を外さなかったのに、この日に限って何故か一人で行くと言い張ったのだ。

黒羽二重の紋付に、魚子《ななこ》の羽織、鼠《ねず》の縦縞の仙台平の袴……という正装で、一人で金子からの迎えの駕籠に乗ったのである。

清河暗殺さる……の報が入った時、

「だからあんなに、おじじ様が申されたのに！」

　とお桂は悲鳴を上げて、倒れたという。

「だっておじじ様が、身辺気をつけるよう、繰り返し忠告されていたのです。清河様ほどのお方が、これほど予想された幕府の罠にみすみすかかるなんて、自害と同じじゃないですか」

　お桂は涙を押さえて、徳蔵とお菜に訴えた。

「おじじ様は、杉浦様というお目付をよく知っておられます。板倉老中の片腕で、とても有能なお目付だと……。そのお方が、浪士組を追いかけて帰府なされたのを知って、予感なさったそうです。近々に必ず何かある……と」

　犬の遠吠えの響く静かな夜だった。

　だが夜半から風が出て来て、時おり一陣の風が家を揺すった。

九

　お桂はまんじりともせずに夜を過ごしたようだが、お菜は明け方になってとろとろと浅い眠りに落ちた。

翌十四日早朝、徳蔵は、山岡家までお桂を送って行った。

そこで知ったところでは、清河の首級は羽織にくるまれて密かに石坂が持ち帰り、今は安全な所に秘匿されているという。

その時はそれを聞いただけだが、清河横死について後になって知った話では、経緯はこうだったらしい。

清河は金子の家でたいそうな饗応を受け、夕刻七つ(四時)ごろその家を出たという。

上ノ山藩邸の前に流れる古川《ふるかわ》に、一之橋が掛かっていた。

かれは千鳥足でその橋を渡ると、そこは草っ原になっていて、よしず張りの茶店があった。そこで茶を飲んでいた数人の武士の中から、二人が立ち上がった。

「清河さんじゃありませんか」

その武士は、京都見廻組の佐々木只三郎《ささきただざぶろう》だった。かれは京から戻る浪士組の取締役を命じられて、一緒に東下りをしてきたのである。

もう一人の速見又四郎《はやみまたしろう》も、同役だった。

「おう、これは……」

と清河が被りものの紐に手をかけた時だった。

背後から近づいてきた男に、抜き討ちに肩に一刀を受けた。

清河は腰の三原正家に手をやろうとしたが、その余裕もないまま、講武所で剣術指南をつとめる佐々木の刀が一閃し、かれの首を横に払った。

暗殺団は、総勢六名。酩酊していた清河を取り囲んで、的確な剣さばきで仕留めて、ゆうゆうと立ち去った。

清河の首は、皮一枚で胴体につながっていた。手の先には鉄扇が転がり、その骸からは酒の匂いが立ちのぼっていたという。

そして徳蔵が去った直後の、四月十四日の晴れた午前、幕府の裁断が下された。

浪士取締役山岡鉄太郎と、同役の高橋謙三郎とに、〝閉門蟄居《ちっきょ》〟の命《めい》が下ったのである。

罪状は〝取締不行届き〟だった。

一党の横濱焼打ちの陰謀もすでに内偵されており、謙三郎の罪状は、鉄太郎への取締不行届きだったようだ。

この同じ十四日、浪士組のほぼ全員が一蓮托生で捕まった。

石坂周造、村上俊五郎、松岡萬ら、清河党の幹部六名は、禁錮処分を受けて諸侯にお預けの身となった。

他の浪士組の全員も逮捕されたが、後に〝新徴組《しんちようぐみ》〟の名で、市中の警衛にあたるようになる。

そもそも閉門蟄居とはどういうことなのか。

お菜には想像がつかない。

鷹匠町のあの屋敷の中に、山岡家家族四人、高橋家七人が、一歩も外に出られず息を潜めているということか。

そう思うと、お菜は気が遠くなりそうだった。

しばらくは恐ろしくて近寄れなかったが、ある晴れた初夏の夕べ、こわごわと山岡家の前を通ってみた。

両家の表門はひっそりと閉ざされ、青竹が十文字にかけられていた。だが通りには山梔子《くちなし》の甘い香りが漂って、道行く人の心を香《かぐ》わしくそそっていた。

時代小説

二見時代小説文庫

花《はな》と乱《らん》　時雨橋《しぐればし》あじさい亭《てい》2

著者　森《もり》真《ま》沙《さ》子《こ》

発行所　株式会社 二見書房
東京都千代田区三崎町二－一八－一一
電話　〇三－三五一五－二三一一［営業］
〇三－三五一五－二三一三［編集］
振替　〇〇一七〇－四－二六三九

印刷　株式会社 堀内印刷所
製本　株式会社 村上製本所

落丁・乱丁本はお取り替えいたします。
定価は、カバーに表示してあります。

 ISBN978－4－576－17041－1
http://www.futami.co.jp/

千葉道場の鬼鉄《おにてつ》　時雨橋あじさい亭1
森 真沙子［著］

父は小野派一刀流の宗家、「着物はボロだが心は錦」の六尺二寸、天衣無縫の怪人。幕末を駆け抜けた鬼鉄こと山岡鉄太郎（鉄舟）の疾風怒涛の青春、シリーズ第1弾

箱館奉行所始末　異人館の犯罪
森 真沙子［著］

元治元年（一八六四年）、支倉幸四郎は箱館奉行所調役として五稜郭へ赴任した。異国情緒溢れる街は犯罪の巣でもあった！ 幕末秘史を駆使して描く新シリーズ第1弾！

小《こ》出《いで》大和《やまと》守《のかみ》の秘命　箱館奉行所始末2
森 真沙子［著］

慶応二年一月八日未明。七年の歳月をかけた日本初の洋式城塞五稜郭。その庫が炎上した。一体、誰が？ 何の目的で？ 調役、支倉幸四郎の密かな探索が始まった！

密命狩り　箱館奉行所始末3
森 真沙子［著］

樺太《カラフト》アイヌと蝦夷《えぞ》アイヌを結託させ戦乱発生を策すロシアの謀略情報を入手した奉行小出は、直ちに非情なる命令を発した……。著者渾身の北方のレクイエム！

幕命奉《たてまつ》らず　箱館奉行所始末4
森 真沙子［著］

「爆裂弾を用いて、箱館の町と五稜郭城を火の海にする」という重大かつ切迫した情報が、奉行の小出大和守にもたらされた…。五稜郭の盛衰に殉じた最後の侍達！

海峡炎《も》ゆ　箱館奉行所始末5
森 真沙子［著］

幕臣榎本武揚軍と新政府軍の戦いが始まり、初戦は土方歳三の采配で新政府軍は撤退したが…。知っているようで知らない〝北の戦争〟をスケール豊かに描く完結編！

日本橋物語　蜻蛉屋お瑛
森 真沙子［著］

この世には愛情だけではどうにもならぬ事がある。土一升金一升の日本橋で店を張る美人女将お瑛が遭遇する六つの謎と事件の行方……。心にしみる本格時代小説

迷い蛍　日本橋物語2
森真沙子［著］
御政道批判の罪で捕縛された幼馴染みを救うべく蜻蛉屋の美人女将お瑛の奔走が始まった。美しい江戸の四季を背景に、人の情と絆を細やかな筆致で描く第2弾

まどい花　日本橋物語3
森真沙子［著］
〝わかっていても別れられない〟女と男のどうしようもない関係が事件を起こす。お瑛を捲き込む新たな難題と謎。豊かな叙情と推理で男と女の危うさを描く第3弾

秘め事　日本橋物語4
森真沙子［著］
武家や大店へ密かに呼ばれ家人の最期を看取り、死を以てその家の秘密を守る〝お耳様〟。それを生業とする老女瀧川。なぜ彼女は掟を破り、お瑛に秘密を話したのか？

旅立ちの鐘　日本橋物語5
森真沙子［著］
喜びの鐘、哀しみの鐘、そして祈りの鐘。重荷を背負って生きる蜻蛉屋お瑛に春遠き事件の数々…。円熟の筆致で描く出会いと別れの秀作！　叙情サスペンス第5弾

子別れ　日本橋物語6
森真沙子［著］
風薫る初夏、南東風と呼ばれる嵐が江戸を襲う中、二人の女が助けを求めて来た。勝気な美人女将お瑛が、優しいが故に見舞われる哀切の事件とは——。第6弾

やらずの雨　日本橋物語7
森真沙子［著］
出戻りだが、病いの義母を抱え商いに奮闘する蜻蛉屋の女将お瑛。ある日、絹という女が現れ、お瑛の幼馴染の紙問屋の主人誠蔵の子供の事で相談があると言う…。

お日柄もよく　日本橋物語8
森真沙子［著］
日本橋で店を張る美人女将お瑛に、祝言の朝に消えた花嫁の身代わりになってほしいというとんでもない依頼が…。山城屋の一人娘お郁は、なぜ姿を消したのか？

桜《はな》追い人 日本橋物語9

森真沙子［著］

大店と口八丁手八丁で渡り合う美人女将お瑛のもとに岡っ引きの岩蔵が凶報を持ち込んだ。「両国河岸に、行方知れずのあんたの実父が打ち上げられた」というのだ…。

冬螢 日本橋物語10

森真沙子［著］

天保の改革で吹き荒れる不況風。繁栄日本一の日本橋もその例に洩れず、お瑛も青色吐息の毎日だが…。賑わいを取り戻す方法は⁉ 江戸下町っ子の人情と知恵！

剣客相談人 長屋の殿様 文史郎

森詠［著］

若月丹波守清胤、三十二歳。故あって文史郎と名を変え、八丁堀の長屋で爺と二人で貧乏生活。生来の気品と剣の腕で、よろず揉め事相談人に！ 心暖まる新シリーズ！

狐憑きの女 剣客相談人2

森詠［著］

一万八千石の殿が爺と出奔して長屋して暮らし。人助けの万相談で日々の糧を得ていたが、最近は仕事がない。米びつが空になるころ、奇妙な相談が舞い込んだ！

赤い風《かざ》花《はな》 剣客相談人3

森詠［著］

風花の舞う太鼓橋の上で旅姿の武家娘が斬られた。釣り帰りに目撃し、瀕死の娘を助けたことから「殿」こと大館文史郎は巨大な謎に渦に巻き込まれてゆくことに！

乱れ髪残心剣 剣客相談人4

森詠［著］

「殿」は大川端で心中に見せかけた侍と娘の斬殺死体を釣りあげてしまった。黒装束の一団に襲われ、御三家にまつわる奥深い事件に巻き込まれていくことに…！

剣鬼往来 剣客相談人5

森詠［著］

殿と爺が住む八丁堀の裏長屋に男装の女剣士が！ 大瀧道場の一人娘・弥生が、病身の父に他流試合を挑む凄腕の剣鬼の出現に苦悩し、助力を求めてきたのだ。

夜の武士《もののふ》　剣客相談人6
森詠［著］

裏長屋に人を捜してほしいと粋な辰巳芸者が訪れた。札差の大店の店先で侍が割腹して果てた後、芸者の米助に書類を預けた若侍が行方不明になったのだというが…。

笑う傀儡《くぐつ》　剣客相談人7
森詠［著］

両国の人形芝居小屋で、観客の侍が幼女のからくり人形に殺される現場を目撃した殿。同じ頃、多くの若い娘の誘拐事件が続発、剣客相談人の出動となって……。

七人の剣客　剣客相談人8
森詠［著］

兄の大目付に呼ばれた殿と爺と大門は驚愕の密命を受けた。江戸に入った刺客を討て！　一方、某大藩の侍が訪れ、行方知れずの新式鉄砲を捜し出してほしいという。

必殺、十文字剣　剣客相談人9
森詠［著］

侍ばかり狙う白装束の辻斬り探索の依頼。すでに七人が殺され、すべて十文字の斬り傷が残されているという。背後に幕閣と御三家の影⁉ 殿と爺と大門が動きはじめた！

用心棒始末　剣客相談人10
森詠［著］

大川端で久坂幻次郎と名乗る凄腕の剣客に襲われた殿。折しも江戸では剣客相談人を騙る三人組の大活躍が瓦版で人気を呼んでいるという。はたして彼らの目的は？

疾《はし》れ、影法師　剣客相談人11
森詠［著］

獄門首となったはずの鼠小僧次郎吉が甦った⁉ 殿らのもとにも大店から用心棒の依頼が殺到。そんななか長屋に元紀州鳶頭の父娘が入居。何やら訳ありの様子で…。

必殺迷宮剣　剣客相談人12
森詠［著］

「花魁霧壷を足抜させたい」――徳川将軍家につながる田安家の嫡子匡時から、世にも奇妙な相談が来た。しかし、花魁道中の只中でその霧壷が刺客に命を狙われて…。

賞金首始末 剣客相談人13
森詠［著］

女子ばかり十人が攫われ、さらに旧知の大名の姫が行方不明となり捜してほしいという依頼。事件解決に走り回る殿と爺と大門の首になんと巨額な賞金がかけられた！

秘太刀 葛の葉 剣客相談人14
森詠［著］

藩主が何者かに拉致されたのを救出してほしいと、常陸信太藩江戸家老が剣客相談人を訪れた。筑波の白虎党と名乗る一味から五千両の身代金要求の文が届いたという。

残月殺法剣 剣客相談人15
森詠［著］

日本橋の大店大越屋から、信濃秋山藩と進めている開墾事業に絡んだ脅迫から守ってほしいと依頼があった。さらに、当の信濃秋山藩からも相談事が舞い込み…。

風の剣士 剣客相談人16
森詠［著］

殿と爺の国許から早飛脚。かつて殿の娘を産んだ庄屋の娘・如月の齢の離れた弟が伝説の侍、風の剣士を目撃したというのだ。急遽、国許に向かった殿と爺だが…。

刺客見習い 剣客相談人17
森詠［著］

殿らの裏長屋に血塗れの前髪の若侍が担ぎ込まれた。異人たちを襲った一味として火盗改に追われたらしい。折しもさる筋より、外国公使護衛の仕事が舞い込み…。

秘剣 虎の尾 剣客相談人18
森詠［著］

越前藩存亡の危機に藩主より極秘の相談が入った。白山霊験流秘太刀〝虎の尾〟の隠れ継承者を捜し出し、藩の危機を脱する手助けをしてほしいというのだが…。

暗闇剣 白鷺 剣客相談人19
森詠［著］

隠密同心と凄腕の与力が斬殺された。殿と爺と大門の追究で巨大な陰謀の実体が浮上するが…。暗中に死神に仮身する邪剣の封印が解かれ、墨堤の桜に舞い狂う！

地獄耳1 奥祐筆秘聞

和久田正明［著］

飛脚屋の居候は奥祐筆組頭・烏丸菊次郎の世を忍ぶ仮の姿だった。御家断絶必定の密書を巡る謎の仕掛人の真の目的は？ 菊次郎と〝地獄耳〟の仲間たちが悪を討つ！

地獄耳2 金座の紅《べに》

和久田正明［著］

髪の下は丸坊主の町娘の死骸が無住寺で見つかる。下手人を追う地獄耳たちは金座の女番頭に行きつくが、そこには幕府を操る悪が…。地獄耳が悪貨を駆逐する！

隠密奉行柘植長門守《つげながとのかみ》 松平定信の懐刀

藤水名子［著］

江戸に戻った柘植長門守は、幕府の俊英・松平定信から密命を託される。伊賀を継ぐ忍び奉行が、幕府にはびこる悪を人知れず闇に葬る！ 新シリーズ第1弾！

将軍家の姫 隠密奉行柘植長門守2

藤水名子［著］

定信や長門守の屋敷が何者かに襲われ、将軍家の後嗣を巡って、御台所になるはずだった次期老中松平定信の妹・種姫に疑惑が持ち上がる。長門守が闇に戦う！

将軍の跡継ぎ 御庭番の二代目1

氷月葵［著］

家継の養子となり、将軍を継いだ元紀州藩主・吉宗。吉宗に伴われ、江戸に入った薬込役・宮地家二代目「加門」に将軍吉宗から直命下る。世継ぎの家重を護れ！

藩主の乱 御庭番の二代目2

氷月葵［著］

御庭番二代目の加門に将軍後継家重から下命。将軍の政に異を唱える尾張藩主・徳川宗春の著書『温知政要』を入手・精査し、尾張藩の内情を探れというのであるが…

上様の笠 御庭番の二代目3

氷月葵［著］

路上で浪人が斬られ、その懐には将軍への訴えを記した血塗れの〝目安〟が……。若き御庭番・加門に八代将軍吉宗から直命！ 米価高騰に絡む諸悪を暴け！

つけ狙う女 隠居右善《うぜん》 江戸を走る1
喜安幸夫［著］

凄腕隠密廻り同心・児島右善は隠居後、人気女鍼師の弟子として世のため人のため役に立つべく鍼の修業にいそしんでいた。その右善を狙う謎の女とは――!?

妖《あや》かしの娘 隠居右善 江戸を走る2
喜安幸夫［著］

江戸では、養女の祟りに見舞われたと噂の大店質屋に不幸が続き、女童《めわらべ》幽霊も目撃されていた。そんなか探索中の右善を家宝の名刀を盗られたと旗本が訪れて…

剣客大名 柳生俊平《としひら》 将軍の影目付
麻倉一矢［著］

柳生家第六代藩主となった柳生俊平は、八代将軍吉宗から密かに影目付を命じられ、難題に取り組むことに…。実在の大名の痛快な物語！ 新シリーズ第1弾！

赤鬚の乱 剣客大名 柳生俊平2
麻倉一矢［著］

将軍吉宗の命で開設された小石川養生所は、悪徳医師らの巣窟と化し荒みきっていた。将軍の影目付・柳生俊平は盟友二人とともに初代赤鬚を助けて悪党に立ち向かう！

海賊大名 剣客大名 柳生俊平3
麻倉一矢［著］

豊後森藩の久留島光通《くるしまてるみち》、元水軍の荒くれ大名が悪徳米商人と大謀略！ 俊平は一万石同盟の伊予小松藩主らと共に、米価高騰、諸藩借財地獄を陰で操る悪党と対決する！

女弁慶 剣客大名 柳生俊平4
麻倉一矢［著］

十万石の姫ながらタイ捨流免許皆伝の女傑と出会った俊平。姫は藩財政立て直しのため伝統の花火を製造しようとしていたが、花火の硝石を巡って幕閣中枢にな動きが…。

象耳公方《ぞうみみくぼう》 剣客大名 柳生俊平5
麻倉一矢［著］

俊平が伊予小松藩主らと結ぶ一万石同盟に第四の藩主が参加を望んだ。喜連川藩主の茂氏、巨体と大耳で象耳公方と呼ばれる好漢である。折しも伊予松山藩が一揆を扇動し…。